Françoise Sagan

Les Quatre Coins du cœur

打ちのめされた心は

フランソワーズ・サガン＝著

河野万里子＝訳

河出書房新社

打ちのめされた心は

はじめに

二〇〇七年に母の遺産を相続してから、僕は母の作品をたくさんの好意的な出版社にゆだねてきた。そして次々再版が決まるなかで、いくつかの作品には序文を書くという特権を受けるようになったのだ。『La Vitesse（スピード）』、『Bonjour New York（ニューヨークよ こんにちは）』、『Chroniques 1954-2003（コラム集 一九五四―二〇〇三）』、『Françoise Sagan, ma mère（わが母サガン）』、そして最近では、初版[*1]をもとにした『Toxique（毒物）』に序文を書いており、まもなく刊行されることになっている。

出版社は僕を、いいカモだとでも思ったのかもしれない。といっても、書くという新たな務めが楽しくて、すっかり熱中しているカモだ。これは——ぜひ言っておきたいのだが

——母の作品に関わるものであろうとなかろうと同じで、書くことは、僕にとってつねに胸の躍ることだ。

右に挙げた作品は、どれも僕が序文を書くはるか前に一度編集されており、作品によっては再編集されたものもある。つまり何度も読みかえされて、そのときどきに序文も書かれていたようだが、作品の結末やメッセージがわかってしまわないようにという配慮から か、まったく注意を引かないものもあった。

そんなわけで、プロン社からこの『打ちのめされた心は』の序文をたのまれたとき、僕は驚きもしなかったが——新たに信頼をよせてくれたことを、うれしく思いはしたけれど——夜になって帰宅し、落ち着いてみると、引き受けたことの重大さがしだいにはっきりわかってきた。これはまさしく、時代の寵児であった作家の、未完の作品の発表となるわけで、文学界に大旋風を巻き起こすだけでなく、地震のようにマスコミをも揺るがすにちがいない、と。

＊1——一九五七年、二十一歳で、九死に一生を得た自動車事故の後、書いていた日記を編集した作品。一九六四年に刊行された初版には、友人だったベルナール・ビュフェの題字や挿画が入っている。

じつを言うと、この原稿が僕のもとへ来た経緯については、記憶が少々曖昧《あいまい》だ。相続を承諾して二、三年後のことだったはずだが、母の遺産すべてがあやふやな形でしか把握されずに、売却されたり引きわたされたり取得されたりしたので、この原稿が見つかったときには、奇跡が起こったように思われた。

けっして厚くなく、学生が卒論を提出するときのようなプラスチックの留め具で綴じられて、二巻になっている原稿だった。一巻目が「心のあちこち」（原題：Les Quatre Coins du cœur）、二巻目は「パリ発の列車が、十六時十分にトゥール駅へ到着した」の一文で始まる「打ちのめされた心」（原題：Le Cœur battu）（二巻をまとめるタイトルはなく、この序文を書いている今も、作品としてのタイトルがどちらに決まるのかまだわからない）。

文字はタイプ打ちしてあり、何度もコピーされたようで、すでにかすれ気味だった。削除の線や書きこみ、注釈、修正もまちまちに加えられていて、それらの出どころもわからなかった。そもそも原稿は、ファイルや資料や、昔のさまざまな記録などの山に紛れこんでいたので、これが一編の小説だとわかるのにさえ、しばらく時間がかかった。

こうした幸運が――いや、不運が――重なって、僕ははじめ、この原稿に注意を払わなかったのだ。まさか未発表の小説だとは、思いもしなかった。母からの相続は混乱を極めていたため、法律上、税務上、そしてとりわけ編集上の問題のもつれを解決するのに、忙殺されてもいた。

いま思いかえしてみると、未完とはいえ、のちに茫然とさせられたほどの強烈なサガンらしさ、いわゆる「サガネスク」――しばしば不道徳で、バロック音楽にも似た味わいがあり、予期せぬ出来事から波瀾万丈の展開となる――に満ちた作品に、僕はまったくもって、いい加減にしか向きあわなかったというわけだ。そして無頓着に、敬意も払わず、『打ちのめされた心は』を引きだしの奥にしまいこんだ。未完であるため、完全に信頼できる人でなければ、読ませてはならないという気持ちもはたらいた。

さて、その数か月前、僕は母の昔の作品をたずさえて、パリで何人もの編集者に会ったのだが、立て続けにけんもほろろな応対を受け、フランソワーズ・サガンの作品は二十世紀の闇のなかへ消えていくのかと暗い気持ちになっていた。だがそこへ、救いの神が現れたのである。ジャン＝マルク・ロベール。のちに相続に関係する編集上の問題について、僕の師となってくれた人で、当時はストック社を率いており、僕が持ちこんだ母の十五作品すべてを「再版する」と、ただちに承諾してくれたのだ。四月の午後、パリ六区、フルリュス通りでのことだった。僕はすぐに彼を、編集者というだけでなく友でもあると感じるようになり、二、三週間後には自然な成りゆきで、この小説を――雑然としたままの原稿だが出版の可能性については疑いの余地がない小説を、読んでほしいと内々にたのんだ。

一方で、この小説は映画化の有力候補にもなって、数えきれないほどのコピーがとられた。映画化は結局日の目を見なかったのだが、もとのタイプ原稿はといえば、いま人気の脚本家が自由にインスピレーションを得られるようにと、大幅に改変され――と言って語弊があるなら、修正され、そのままでは出版できないほどになってしまっていた。あきらかに出来の悪いところが生じていて、これが母の作品ということになれば、相当な迷惑をこうむりそうだった。

それならば、誰か力量のある作家に、書きなおしを託してみたらどうだろう――ジャン＝マルクと僕の頭に、一瞬そんな考えが浮かんだ。だが、修正された原稿は言葉が抜けていたり、ときには文章がまるごと脱落していたりして、つじつまが合わない部分も多く、早々にこの案も却下された。

作品は、ふたたび闇のなかへ落ちていった。それでも、その後何か月ものあいだ、僕は一人で何度も読みかえしつづけた。一回ごとに、もっと注意深く、さらに注意深く。するとやがて、いくつもの声が聞こえてくるようになったのだ――この本を書きなおせるのは、おまえしかいない。たとえどのような状態でも、この小説はどうしても出版されなければならない。全著作のなかに不完全な作品が入ることになろうと、欠かしてはならない重要な一作品なのだから。サガンに親しみ、サガンを愛してくれた読者が、その文学の総体を受け取れるようにしなくては。完成した業績として、全作品を俯瞰《ふかん》できるようにしなくては。

僕は、ふたたび仕事に取りかかった。そして必要と思われる修正をおこなっていった。作品の文体や、表現の調子《トーン》には触れないように気をつけながら。するとページが進むにつれて、ふたたび立ち現れたのである。フランソワーズ・サガンならではの、絶対的な自由が。超然とした精神や、辛らつなユーモアが。厚かましさと紙一重の大胆さが。

こうして、『悲しみよ こんにちは』から六十五年、サガン最後の未完の小説『打ちのめされた心は』が、苦しみながらも闇から目ざめようとした十年を経て、ついに、読者にとって最も本質的で、ありのままで《プリミティヴ》、なくてはならない姿となって、刊行されることとなった。

ドニ・ウェストフ

1

「ラ・クレソナード」のテラスは、四本のプラタナスの木にかこまれ、深緑色のベンチが六脚置かれて、威厳のあるたたずまいだ。その後ろの巨大な建物も、かつては古く美しい田舎の大邸宅だったのだが、もはや美しくはなく、古いとさえ言えなくなっている。最近モスクの塔《ミナレット》や屋外階段、錬鉄製のバルコニーといった装飾物が加わり、二世紀にわたる値《ね》の張る悪趣味の寄せ集めとなって、太陽や木々や、砂利の灰色、周囲の緑も台なしのありさまだ。玄関前の三段の石段は、平らで灰色だが、そこに中世風の手すりがつけられて、反耽美主義の決定打となっていた。

だが一つのベンチの端と端に、それぞれ正面を向いてすわっている二人には、居心地悪そうな様子もない。醜いものは、しばしば楽に眺められるのだ。美しいものや調和のとれたものには、感嘆したり検証したりと時間をとられるものだが、それがなしですむのだから。

いずれにせよ、リュドヴィックと妻のマリー＝ロールは、建築上のこの不協和音にも、この上なく無関心だった。おまけに二人はたがいを見ることもなく、家さえ存在していないかのように、ただ自分たちの足元ばかりを見つめている。それがどんなに美しい靴だろうと、たがいの顔にも、周囲の風景にも目をやろうとしない人間など、何かがゆがんでいる。

「寒くない？」

その声で、マリー＝ロール・クレソンが、不思議そうに夫のほうを向いた。薄紫色の表情豊かな目、わずかに気取りが感じられる口元、みごとに整った鼻——端整な顔だちに恵まれたマリー＝ロールは、たくましくすこやかなこの青年、リュドヴィック・クレソンを、かつておおいに魅了して、二人はいわば電撃的に結婚した。ちょっとプレイボーイで、ちょっと間《ま》の抜けたところがあるリュドヴィックは、その資産と人柄のよさで、高級住宅街パリ十六区の女の子たちから引っぱりだこだった。リュドヴィックのほうも、女性が好きであるのはあきらかだったが、じつは繊細で感受性が強く、結婚すれば誠実な夫になるのはまちがいなかった。もっともマリー＝ロールの目には、彼の長所すべてが短所とも映っていた――まあ、お金は別だけれど。

彼女は洗練されてはいても、教養がなかった。けれども時流に乗った読書や暗示的な言葉づかい、タブーを守る沈黙などのおかげでメッキがほどこされ、同じ階層の人たちには、頭の回転が速くて流行の先端をいく女性ともてはやされている。自分の在《あ》り方は自分で決めたい――そのために、まわりの人たちの在り方もわたしが決めたい――と思っており、自身、「自分の人生を生きたいの」と言っているのだが、人生が何であるのかも、自分が何を欲しているのかもわかってはいないのだ――贅沢《ぜいたく》以外には。

事実、彼女は満ち足りたかった。自分の宝石類が、いくらになるかということでまで。たとえリュドヴィックの父、アンリ・クレソン（生まれ故郷であるここトゥーレーヌ[*1]では「はばたく禿鷲《はげわし》[*2]」と呼ばれている）の資産がどれほど巨額でも、宝石類を見せびらかす術《すべ》は、存分に心得ているのだから。

＊

古い会社兼工場と古い大邸宅が、なぜ「ラ・クレソナード」と名づけられたかについては、ここまででおわかりだろう。一方で、クレソン家がなぜクレソンやひよこ豆やこまごまとした野菜で財を成し、今ではそれらが世界のあちこちにまで輸出されるようになったのかについては、もう少し話が複雑で、退屈でさえある。そのつまらない説明をするには、記憶より想像力が必要だ。少なくとも、筆者にとっては。

「寒くない？　セーター、貸してあげようか？」

マリー＝ロールの隣りから聞こえてきた声には、生来のやさしさと心地よさがあったが、

＊1——ロワール川が流れるパリ盆地の一地域。風光明媚で「フランスの庭園」と呼ばれ、シュノンソー城、アンボワーズ城などかつてのフランス王たちの城が多く、州都トゥールは中世フランスの趣きを残す美しい街。ブドウ栽培とワインでも有名。現在では高速鉄道ＴＧＶでパリまで一時間で着く。

＊2——フランス語では強欲で冷酷な人とか高利貸しといった意味もあるが、アンリはおそらく禿頭なのだろう。

内容の何気なさからすれば、あまりにも気をつかった、あまりにも傷つきやすい響きだった。若き妻はまばたきをし、顔をそむけて、（瞬時に品定めをした）夫のセーターに、かすかな軽蔑の色を示した。

「いいえ、けっこう、なかに入るから。そのほうが簡単でしょ。あなたもそうして。いま気管支炎になったら大変だし」

そして立ちあがると、流行の靴で砂利を鳴らしながら、落ち着いた足どりで屋敷に向かった。田舎であろうと一人であろうと、たとえ何が起ころうと、マリー＝ロールはエレガンスと「いま風であること《アップ・トゥ・デイト》」を振りまく。

夫はその姿を見つめていた。感心した目で……なかば訝《いぶか》しげに。

＊

ここで話しておかなければならないだろう。リュドヴィック・クレソンは、あちこちの精神科病院に入院した末《すえ》に、退院してきたばかりだということを。そもそもの発端は、医者も、彼に恋する女性でさえも、誰一人としてもう命は助からないと思ったほどの凄惨な交通事故だった。

運転していたのは、マリー＝ロール。車は、リュドヴィックが彼女の誕生日にプレゼントした小型スポーツカー。それが停車中だったトラックに突っこみ、運搬中だった鋼鉄の薄板が刃のように降りそそいで、助手席をズタズタにしたのだ。

そのなかから、リュドヴィックは美的観点上、頭部は無傷のままで救いだされ、マリー＝ロールのほうは顔も体もまったく無傷だったものの、リュドヴィックの体には、何か所も薄板が貫通していたのである。それから彼は昏睡状態におちいって、医師たちから、あと一日、よくて二日しかもたないだろうと告げられた。

ところがこのお人よしの青年には、生まれながらに要塞のような体が備わっていた。そして肩も首も肺も、肉体と内面の健康をつかさどるあらゆる器官も、ここぞとばかりに力を結集し、誰にも予想がつかなかったほどに闘ったのだった。家族がすでに葬儀の式次第や流す音楽を考え、マリー＝ロールは慎ましやかでみごとな、遺された妻らしい服装（シンプルで、こめかみには絆創膏を――いらないのに――一枚貼る）を準備し、父アンリ・クレソンは、プロジェクトが一つうまくいかなくなって地団太《じだんだ》を踏みながら従業員をののしり、その妻であるリュドヴィックの継母サンドラは、床《とこ》に臥《ふ》しがちな病人によくある圧倒的な威厳を見せつけていたとき、リュドヴィック本人は、闘っていたのだ。そして一週間後、昏睡状態から目ざめて、全員をあ然とさせたのである。

医者のなかには、ご存じのように、患者のことより自分の診断に執着する者がいる。だからアンリ・クレソンが（いつものように）パリをはじめとしてそこらじゅうから招集した大物医師たちは、リュドヴィックがすんなり生還したことで、完全にいらだった。プライドにさわったというわけだ。おかげでリュドヴィックは、脳に非常に危険な何かが起きたということにされてしまった。

観察状態に置くにはそれでじゅうぶんで——なにしろ本人は何も言わないし——、その後は、より専門的な精神科病院へまわすことになった。本人はまだぼんやりしており、心ここにあらずだったため、実際、精神に障碍《しょうがい》が起きたように見えなくもなかった。体が申し分なく頑丈で、健康であるというところがまた、いっそうそのように思わせた。

それから二年のあいだ、リュドヴィックはひとことも文句を言わず、抗議もせずに、私立のクリニックからクリニックへ、公立病院の精神科から精神科へと移されて、アメリカにまで送られた。機内では、文字どおり縛られていた。家族は毎月見舞いに行ったが、眠っているところや、内々の言葉を借りるなら「ばかみたいにほほえんでる」のを見て、足早に帰っていくばかりだった。

「あんな姿、見るに堪《た》えない」

マリー＝ロールはそううめいて、嘘の涙をこらえようともしなかった。ほかに涙を流す者が、帰りの車に一人もいなかったから。

いや、一人だけ例外がいた。マリー＝ロールの母にして、じつに魅力的なファニー・クローリーだ。

最近夫を亡くし、夫のために泣いた彼女が、これまで娘の夫として認めたことのなかった義理の息子の見舞いにやってきたのである。リュドヴィックの洒落者《しゃれもの》ぶった「カウボーイっぽい」面や、「万事うまくいく」的な気楽な面は、繊細な女性たちを多数いらいらさせており、ファニーもそういう一人だった。逆にそれがたのもしい活気に思えて、喜ぶ女性たちもまた多数存在したのだけれど。

というわけで、ファニーが、プレイボーイと嫌っていたリュドヴィックに再会したところ、ガーデンチェアにだらりと伸びて、両手両足をつながれ、ひどく痩《や》せ、同時にひどく若返ったようにも見え、弱々しく無防備で、朝から晩まで血管のなかに入れられている向精神薬を拒むこともできない姿になっていたものだから……泣いたのだった。アンリ・クレソンが心配して、ちょっと二人でお話しましょうかと声をかけたほど、ファニー・クローリーは泣いたのだ。

ちょうどアンリ・クレソンは、たまたまそのクリニックの院長と話をし終えたところだった。たぶん、フランスでいちばん金のかかる病院だ——そしていちばん無駄な病院なのだ、きっと。

院長は、お宅の息子さんはけっして、けっして回復することはありませんと断言した。他人にこう断定されて、アンリ・クレソンの疑念と怒りに火がついた。ビジネスでは天才、感情面ではやや欠けたところのある彼だ（というか情の薄い人で、人間らしいやさしさを見せたのは、最初の妻であるリュドヴィックの母がお産で死んだときだけだった）。

だから、仰天したのである。夫を亡くしてまだ悲嘆に暮れている、若々しくエレガントで美しいこの女性が、好きでもない義理の息子を見舞って、涙を流してくれたことに。こんな拷問みたいなことはもうやめるべきだと、本気で言ってくれたことに。

そこで彼は、もう一度院長に話しにいった。その結果院長は、家族がこんなに無礼なら、たとえうちの入院治療費を払う患者であっても出ていってもらおう、と決めたのだった。

ひと月後、リュドヴィックは完全に正常な状態で、ラ・クレソナードに帰ってきた。そして薬の小瓶を、次から次へと屑《くず》かごに捨てた。少しうわのそらで、少し不安げだったが、おだやかで、よくランニングをするようになった。広い公園を、脚の使い方がわかったばかりの子どものように、それでいて大人の顔つきというものを取りもどそうとしているように、さかんに走って過ごした。父親の会社兼工場で働かせるというのは論外だったし、そもそも彼のことはそれほど問題にならなかった。ヨーロッパのあちこちで楽しく過ごす人生を正当化できて、しかも目立たない仕事というものが見つからなかったとしても、父親の財産だけでじゅうぶん遊んで暮せるからだ（そしてマリー＝ロールは、リュドヴィックといっしょであろうがなかろうが、そうしたいと望んでいた）。

　マリー＝ロールにとって、リュドヴィックの帰還は災難だった。遺された妻としてなら、社交生活をともにしている仲間うちで立派にやっていたのだが、自ら口にした「精神病患者の妻」となると、話は別だ。

　だからマリー＝ロールは、この青年を憎みはじめた。それまでは大目に見て、なんとなく愛してさえいたのに。ほどなく彼女は、リュドヴィックが自分に示す感情のほとばしりや、愛や、情熱に、辟易《へきえき》するようになった。

リュドヴィックは女性たちを情熱的に愛し、恋愛をロマンチックに好む青年だ。もしかしたら恋愛こそ、彼が心を傾け巧みに実践したただ一つの生きがい《アール・ド・ヴィーヴル》であったかもしれない。激しくてやさしい彼は、魅力的だった。そして以前から彼を知っている（かなりの数の）パリの玄人《くろうと》女性たちは、今でも全員、彼をやさしく愛している。

*

リュドヴィックは、村の医師一人に診てもらいながら、順調に回復していった。村もまたアンリ・クレソンの勢力下にあり、この医師は謙虚なのだが、事故が起きたときからこう言いきっていた。リュドヴィックは重傷を負い、疲れ、打ちのめされたが、頭がおかしいということはまったくない、と。

そして実際、誰が見ても、興奮状態のきざしも、機能上、心理上の逸脱のきざしも、彼にはなかった。単に脆弱であったり、将来への関心が見られないというだけのことだった。ただ、彼は何かを待っていた。そしてそれを恐れてもいた。いったい何を？　誰を？

本気で考えようとする者は、一人もいなかった。この家では誰であれ、自分のことしか考えない。

＊

玄関前の、例のばかげた装飾がついた石段までたどり着き、疲れて手すりに手をのせたところで、マリー＝ロールは、三段分をいきなり跳び上がるはめになった。目の前で超高級高速スポーツカー、ボリードが危なっかしく急ブレーキをきしらせ、そのはずみで、バラバラと砂利が飛んできたのである。運転席にいたのが義父でなければ、怒鳴り声をあげたところだ。

しばらく前に、アンリ・クレソンは〈うちの運転手も老いぼれてきたし、また自分で運転するか〉と決めたのだった――そして、道でその車に出くわしてしまった近隣住民はパニックに、動物たちと飼い主は恐怖に、おとしいれられることとなったのだ。

「まあ、おとうさま」マリー＝ロールは、それでも冷ややかに声をかけた。「運転手は？」

「盲腸で……休みだ」車から降りながら、アンリ・クレソンは愉《たの》しげに言った。「盲腸でな……」

「盲腸って、今年もう四回めですけど……」

「ああ、でもやつは喜んどるよ。社会保険だの何だのは全部きくし、給料も出る。あいつは身を入れて仕事もせんで、お巡《まわ》りが怖いとか保険料が怖いとか、何のかんの言っては寝てばかりいる」

「怖がらなきゃいけないのは、おとうさまでは」

「怖がる？　何を怖がるんだ？　さ、お通りください、嫁さん、どうぞお通りください」

マリー＝ロールは「嫁さん」などと呼ばれるのがいやでたまらないのだが、義父はまったく意に介さない。妻サンドラも、この点について咎《とが》めているのに。

見た目にも堂々たるそのサンドラが、今日は石段の上にじっと立って、愛想よく夫を出迎えた。いつもは寝室から出てこないのだ。

サンドラ・クレソン（旧姓ルバイユ）には、心配事が一つあった。義務についてだ。

所有地の面積でも資産の額でも、ずっとアンリ・クレソンの同類だった彼女だが、いわゆる行かず後家になることだけを恐れて、妻を亡くして打ちひしがれていると聞いたアンリと結婚したのだった。少々気性の激しい実業家と結婚するぐらいに思っていたのに、蓋《ふた》を開けてみたら、社交にまるで興味のない、猛《たけ》り狂う雄牛のような男といっしょになってしまっていた。まったくの大損害。ラ・クレソナードの広々としたたくさんの部屋に、お客さまを呼ぼうと楽しみにしていたのに、悪趣味な部屋を、稲妻のように行き来する夫をよけるので精いっぱい。それにサンドラが主導権を握る前に、この家の他の女たちが采配を振っていた時期もあったのだった。

アンリ・クレソンには兄が二人いたが、一九三九年から四〇年にかけての戦争[*3]で、戦死していた（「間抜けだな」アンリは陽気に言ったものだ。「一四年から一八年にかけての戦争[*4]なら英雄になれたのに、三九年から四〇年のじゃなあ！」）。遺された妻たちは、義弟に恐れをなして、早々に屋敷から出ていった。家との手切れ金のような金をもらって。だがそれまでに、もてなし用の広間や寝室をいくつかしつらえる時間があったものだから、すでに珍妙だった家が、わけのわからないことになっていった。

マントルピースは一方がモロッコ風、もう一方がスペイン風、そのむこうには、サンドラが飾った大理石のエクスクラメーション・マーク形《がた》の彫刻が（サンドラはギリシャ芸術

＊3——第二次世界大戦の初期を指す。
＊4——第一次世界大戦を指す。

への情熱に目ざめたのだ）複数あり、そのあいだに立った者は誰も、あえてこの居間《サロン》を写真におさめようとはしない。

　サンドラは、ラ・クレソナードの村で、彫刻家を一人見つけていた。といっても、墓地で墓に添える陳腐な彫像作りをたのまれるだけの職人だったのだが、サンドラの手で、あっという間に、はるかギリシャ・ローマ時代の芸術家と見まがう生活に放りこまれ、注文に応じて、ミロのヴィーナスやサモトラケのニケを異なる大きさで複製し、サンドラはそれらの作品を広大な居間に、あたかも挑戦か異議申し立てのように置いたのだ。

　じつは彼女自身が、人間というより彫像みたいだったから――顔が大きくしもぶくれで、がっしりしていて、どんなことにも動じなくて――、サンドラ・クレソンは、朝から晩までそれらに混じっていっしょに立っていても、誰にもわからなかっただろう。違いといったら、衣服をまとっているかどうかぐらい。

「おっと、今度はおれの奥さんか。これで勢ぞろいってわけだ！」アンリは大声をあげながら、どこから見てもちぐはぐなマフラーを首からはぎ取った。

「何に驚かれてるのかわかりませんが」マリー＝ロールも声を張りあげる。

「いや、あなたがた二人ともが出迎えてくれたからってわけではない」アンリは毅然として言う。「驚くのは、おれがまだ生きてるってことだな。こんなに、こんなに……何て言うんだ？　こんなにしたたかな女性たちにかこまれて。うん、そうだ、したたかな……」

「おとうさまは違うんですか？」

皮肉の一つも言いたくなって、マリー＝ロールの声は甲高くなった。

二人を怒らせてしまったアンリは、わけのわからない居間のほうへ精力的な足どりで逃げようとしたが、その途中、床に放置されていた旅行かばんに危うくつまずきかけて、いまいましそうに蹴飛《けと》ばした。

「何だこれは？」

「弟のですよ。あなたったらもう。弟のフィリップが、ここで何日か過ごすって言って、来てるんです」

「そうか、あのフィリップが、来てるのか」


アンリ・クレソンに数多《あまた》見られる欠点は、むしろ長所が多数欠如していることによる。さほど意地悪ではないのだが、一度もやさしくなろうと思ったことがなく、さほどケチでもないのだが、一度も気前よくしようと思ったことがない。そして他人からの評価には、まったく関心がない。ところがもともとは、もてなし好きで、身近に人が、それも本物の男がいると――というのも、自分の息子は今や、どちらかというと天使か幽霊のようだから――なんとなく気持ちが落ち着くのだった。

「あのフィリップが……。最後に会ったのはいつだったかな？　うん、三週間前だ……。元気だといいが。『恋の』悩みなんぞ、抱えてないといいがね」

「恋の」という言葉をカッコに入れるしぐさをして、彼は一人で大笑いしながら居間に入っていった。女性二人を、すっかりうんざりさせて。

*

アンリ・クレソンは、最初の妻を亡くしてすぐに、サンドラと再婚した。亡くなった妻を愛していたことは誰もが知っていたが、本人がそう口にしたことはなく、死別した悲しみを癒そうともしなかった。再婚後は二週間、夫婦生活の意味においてサンドラに「敬意を表し」、その後は少し間遠《まどお》になり、今ではごくたまに、あるかないか。でも体の弱いサンドラは、その状態にほっとしている。

アンリのほうは、トゥーレーヌのこの片田舎でも、もちろん女性に不自由はせず、サンドラにも最初からそれとなくそう伝えてある。ただおもしろいことに、その数は少なくないし、騒ぎ立てたがる者もいるのに、具体的にはけっして妻にわからないよう、自分の血の気の多さをひけらかさないようにしているのだ。そして世間でよく言うように「パリに上り」、はつらつとして帰ってきても何も言わない。それを、ほんとうは敬意を表することなどぜったいできない女に対する、せめてもの思いやり、と考えている。

それはまた、息子との唯一のつながりでもあった。息子が、世間でよく言うように「パリに上った」のは、パリ経営大学院ＨＥＣで学ぶためで、そのようなエリート校に行ってもその後の見込みはなさそうだったけれど、家柄上は適切な教育機関だったわけだ。そのとき息子は十八歳で、女性をまったく知らなかった。これはおもに、田舎であわれな男子どもといっしょに学校に閉じこめられ、孤立して過ごしてきたからで、父はそれをなんとなく不安に思っていたのだが、二か月後、花屋から送り先もまちまちな請求書が届いて、ぎょっとさせられることになった。世間知らずのリュドヴィックが、パリの女の子にのぼせあがったのか？　まさか子どもができたのか？　何をしでかしたんだ？

そこで今度は父が首都パリにおもむいたところ、花もブーケもあらゆる努力が、あちこちの玄人女性たちに宛てられたもので、かわりに息子は愛の証しを受けていたとわかって、愕然《がくぜん》とさせられたのだった。

一人息子の知性の表われ方に、ほっとした半面、心配にもなって、アンリは「こういうことをしてはいけない」と息子を諭《さと》した。だがその後、昼食をとるうちに、結局のところなぜいけないのかと考えこんでしまった。息子をはねつける良家の小娘などのかわりに、身をささげる女たちに花を贈るのが、なぜいけないのか？　そして最後には、こう宣言したのだ。

「うーん、もう勝手にしろ」

息子は大喜びで、礼儀正しく贈りものを続けた。それからしばらく後、マリー＝ロールと出会い、不幸になった。恋に落ちて、不幸になったわけである。自分のことより、ほかの誰かを気にかけるようになったから。人生というものを、愛する者と分かちあおうなどと思わなければ、人はさほど不幸になりはしない。

マリー＝ロールのほうは、この恋についてあまり深く考えなかった。自分自身に関係してくること以外は。

両親のクローリー夫妻、カンタンとファニーは、つねに愛しあい、仲むつまじさや情熱や、やさしさのお手本をたっぷり彼女に示してきた。だがそれで、マリー＝ロールはかえって二人を軽蔑したようだ。両親のほうも、直感的に彼女を避けていたらしい。怖がっていたとは言わないまでも。

　カンタンが飛行機事故で死んで、ファニー・クローリーは絶望の淵に沈んだ。そして人々の前から姿を消した。彼女の体からは顔が消え、声からは明るさが、彼女自身からは人生が消えた。しかしやがて経済的に行きづまり、働かなくてはならなくなったが、友人たちのおかげで高級注文服《オートクチュール》の店に仕事を得て、しだいに持ち前のおだやかさや、やさしさや気配りで、自分と娘が食べていくにはじゅうぶんな地位を保証された。だがマリー＝ロールには、それでは足りなかった。そして突然、リュドヴィックに興味をもったというわけだ。

　ある人の死、もう一人の興味——この二つが結びつかなかったとしても、リュドヴィックのほうは関係なかった。ファニーに、マリー＝ロールと結婚させてくださいとたのんだときには目をそらされたし、友人たちにも話題にされず、たとえば遠くアフリカなどで兵役につく人に対するようにしか、祝福してもらえなかった。目がさめたら、自分の生き方をあきらめなくてはならない人に対するようにしか。

こうした空気を、リュドヴィックも感じ取ってはいたが、きちんと考えはしなかった。なぜなら、熱烈に恋していたから。そしてマリー＝ロールも、このときはなかなか賢く、というか用心深く、リュドヴィックを自分につなぎとめ、別の娘《こ》、別の女が、やさしく傷つきやすくお金と閑《ひま》のあるリュドヴィック・クレソンを横取りしないよう、目を光らせた。生まれたときから母親の愛情を知らず、成長してからはふつうの女性を知らなかったリュドヴィックは、まさに、たやすくつかまえられる男だった。まるで前世紀の、あの滑稽なトリスタン[*5]のように、彼は恋にあこがれていた。

こうした屈託のなさは、友人たちから成功につながると言われていたものの、マリー＝ロールには、決定的で全面的な軽蔑の対象にしかならなかった。

生きていくことは、闘いとなった。二人のうちのどちらかが手綱《たづな》を握らなくてはならず、握るのはいつも彼女。彼女一人だ。だが性愛の面では、彼女には嫌悪感があって、うんざりさせられたし怖くもあった。リュドヴィックの愛し方はすばらしく、情熱的に、やさしく、忍耐強く励むというのに。

リュドヴィックはマリー＝ロールと、義父母のような夫婦になりたいと夢みていた。たがいに支えあう夫婦に――プラトンの人間球体論[*6]で、切り離された二体が一つの球体としてぴったり重なりあうような、完全な夫婦になりたい、と。

＊5――トリスタンの悲恋物語は中世から語り伝えられ、アーサー王物語にも組みこまれているが、ここでは「前世紀」とあるのでワーグナーの楽劇『トリスタンとイゾルデ』を指すと思われる。劇中の二人はそれまでの因縁からそれぞれ死のうとするが、あおろうとした毒薬が媚薬にすり替えられていて、禁断の恋に落ちる。

＊6――神話の世界で男女はもともと一つの球体だったが、うぬぼれが強かったためゼウスに二つに切られ、以来、たがいに探し求めあっていて、分身に出会えれば完全な愛が成立するとされる。

2

階段に、リズミカルな足音が響いた。トン、と一段、トントン、と二段、トントントントントン、と踊り場へ、若者が下りてきたようで、何かいいことでもありそうに口笛も聞こえてくる（なにしろフレッド・アステア[*1]のメロディーだ）。

だが三階から全部階段を下りてくると、若者は三十歳になっていた。その名はフィリップ・ルバイユ。サンドラの弟で、女性を魅了して寄生するというキャリアを長く続けたのち、ますます頻繁に義兄アンリの家に現れるようになっている。田舎など大嫌いなのだが、この五年ほどは声高にそう言うこともなくなっている。

美貌の青年である。少なくとも以前はそうだったし、そうであったことをけっして忘れてはいない（それがプライドからなのか未練からなのかは、日によって変わる）。背が高く、スリムで、つま先でかろやかに回ったりもするが男らしく、最近、エロール・フリン[*2]風の口髭《ひげ》がややまばらになってきたのを機に、時代遅れのまねはもうやめたのだが、それでも無意識のうちに、髭があったあたりをなんとなくなでる癖が残っている。

二十二歳のとき、美形でお金もあり、育ちがよく気取り屋だったフィリップ・ルバイユは、おつむが軽くて彼にぞっこんの、いわゆるジェットセッター[*3]の女性たちによって、彼のような青年に開かれているさまざまな世界に投げこまれた。そして遺産を使っても、けっして分かちあうことはなく、女性たちを征服しても、けっして愛することはなく、何年ものあいだ、あらゆるところへ招かれたが、椰子《やし》の木々と超高級ホテルとスキー場以外は何も見ていなかった。

*1――（一八九九―一九八七）アメリカの俳優、ダンサー、歌手。特に洗練されたダンスで名高く、ハリウッドのミュージカル映画で活躍した。

*2――（一九〇九―一九五九）オーストラリア出身の俳優で、ハリウッドでアクションスターとして活躍した。

*3――プライベートジェットを所有して、世界じゅうを飛びまわる大金持ちたちのこと。

だが五年以上前から、そうしたセンチメンタル・ジャーニー――まるで贈りもののように降ってきた旅だったと今は思っている――を心のなかで巻き戻すだけとなり、今ではそれにも、すばやく顔をそむけるようになっている。もう苦い思い出になってしまったというように。

ともかく、フィリップはそこにいた。哀愁を漂わせてほほえみながら、見えないカメラマンにむかってポーズをとっていた。かつて高級店から高級店へ、鏡から鏡へと続いた撮影のときのように。ハリウッドにも行って、ジョン・ウェインとマレーネ・ディートリヒのあいだに堂々と立ったときのように。そのときの写真が、おそらく彼のいちばんの財産だろう。いくつか持っている金時計と、使いこんでなお美しいインド更紗《さらさ》のスカーフのコレクションは別にして。

「家族が勢ぞろい！　家族がやっと勢ぞろいだ！」サンドラ、そしてリュドヴィックといっしょになって、フィリップははしゃいだ。

そしてリュドヴィックに愛想のいい、でも慎重な視線を投げかけた。義理の甥《おい》が正気でなくても、彼はべつにかまわないのだが、姉であるこの家の女主人が明言しているからには、そうなんだろうと受けいれている。

「すごく元気そうじゃないか、リュドヴィック！」うれしそうに、でも驚きながら、フィリップは声を張りあげた。リュドヴィックは、疲れた様子でほほえんだ。

「ありがとう」

「会えてほんとにうれしい！」

今度はサンドラが、フィリップのほうを向きながら、声をひそめて言った。

「あなた、あいかわらずなんて素敵なの！」

フィリップの美貌は、彼の唯一の資産で、たとえ訪問のたびに少しずつ衰えているとしても、サンドラは称《たた》えずにいられない。

「ああ、やっと来たのね！」

階段を、やはりかろやかに下りてきたマリー＝ロールに目をやって、サンドラは言い足した。マリー＝ロールは午後と同じドレスだったが、夕食の席のためにブローチをつけており、リュドヴィックは自分が買ってやったものなのかどうか思い出せなかったものの、それ以上考えるでもないようだった。

フィリップは、姻戚関係で義理の姪のようになったマリー＝ロールのブローチを、ちらっと眺め、それからリュドヴィックを眺めたが、二人とも無関心であるのを見て、微笑するだけにしておいた。

そこへアンリ・クレソンが顔を出し、場は急に騒々しくなった。

「なあ、サンドラさん、少し早い晩飯だと困りますか？　おれは疲れて腹がへったし、労組のやつが経営者とやるテレビ討論を、どうしても観なくちゃならんのですよ。おもしろくなりそうだから」皮肉な口調で、彼は言った。政治の話になると、いつもそうなる。

「もちろん、もちろん、さあさあ、全部準備できてますよ。みんな、もうすわりましょう。マルタンがすぐ来るわ」

居間が大騒ぎでも、この家の主人アンリは、けっして心を乱されない。だが家のなかの目的地にたどり着くのに、さまざまな障害物をまたいで行こうとするような人間でもない。だから彼は、自分一人のために、一種の廊下のようなものを作らせていた。居間の反対側にある書斎までのちょっとした専用通路で、途中には人の出入りも家具も、何もないようにしてある。さもなければ、なかば見捨てられたあれやこれやの物が、かっとした彼に蹴散らされ、モロッコの小さなクッションが、ゴシック様式の大箱に乗っかったりしかねない。

その通路の一方のつきあたりに、居間兼食事室がある。居間にはテレビがあり、食事室は居間より床が少し高くなって、そこにテーブルがある。テーブルにはテーブルクロスが掛けられ、五人分の食器一式がならべられて、座面が回転する革張りの肘かけ椅子が五脚、マントルピースを背に配置され、二メートルむこうの、フランス窓の横に置かれたテレビを観られるようになっている。テレビはあきらかに、一人に独占されているのだが。

もちろん、アンリ・クレソンは、夕食のあいだはテレビではなく、家族と向きあっている。そして夕食後は、テーブルクロスを取り去って、たとえ田舎といえども実業家には付きもののファクスなど、さまざまな書類を広げたりもする。

いつも彼は書斎から決然と飛び出すと、駆《か》け足《あし》で八メートル先の食事室まで行き、自分のナプキンを特製椅子の上に放り投げて、席につく。そもそも彼自身によって考案され、作られた食事室なのだ。今日は正面に男性二人、隣りには女性二人という席順。そして食事が終わったとたん、椅子をくるりと回して、静かに自分用のテレビに観入る。これを、どうしてもやりたかったわけだ。

彼が選ぶ番組は、けっして家族が観たい番組ではない。彼は一人になって、やすらぎたいのである。夕食のあいだは、家族のばかばかしい話や騒ぎを避けたくても避けられないので、食後はそこから解放されて、心を休めたいのだ。

夕食のあいだ、このクレソン家の長老はしばしば、おだやかに達観しながらこう思う。息子はおそらく頭がおかしいし、嫁は社交好きのばか、妻は不器量で頭が悪くて、義弟は居候《いそうろう》のろくでなしときた！

これが、彼が静かに引き受けている、家族という名の運命だった。いや、静かにではなく、予測不能で抑えがたい怒りの発作を爆発させることも多いのだけれど。

さて、その家族全員が、すばやくテーブルについた。とはいっても、一種の気品を漂わせて。とりわけ、これ見よがしに新しいブローチをつけたマリー＝ロールが。だが義父は、それに気がつきさえしない。

サンドラはすわるなり、三流映画に出てくるアメリカの妻のまねを、今夜も始めた。

「ねえあなた、さぞお疲れになったでしょう！　仕事の敵《かたき》と一日やりあって、そのあとすぐわが家に帰ってらしたのね？　なんという落差《ギャップ》かしら！　それじゃあお疲れにもなるわね」

そして愛情に満ちた微笑を夫に向けたが、夫はやっと出てきたお決まりのポタージュの皿から目もあげず、ただこうつぶやいた。

「一日相手にしてたのは、サンドラさん、手ごわい敵なんぞではなく、怠け者のぼんくらどもですよ。でもそんなこと関係ないでしょう。たしかにああいう数字ばかりのあとで、帰ってこられる家があるというのはいいもんだが」

そこでマリー＝ロールが、エピナル版画[*4]にでもあるような感嘆の表情になり、甲高い声で割って入った。

「それこそ戦士の休息ってものよ、おかあさま」

お茶目に咎めるような口調を聞いたとたん、フィリップは笑いだしそうになってうつむき、サンドラはうれしくて頬を紅潮させながら、寝室からここに出てきてよかったと思い……リュドヴィックは、いつものように無関心だった。

マリー＝ロール本人は、急に冷ややかになった義父の視線に少し青ざめて、もう何も言わずにいる。

＊4――十八世紀後半からフランス北東部エピナルでさかんになった民衆版画で、宗教、歴史、時事、男女関係などをカラフルに図式化し、ときに教訓なども与えるもの。田舎ではお札《ふだ》のように貼るなどして好まれたが、都市部や知的な人々には悪趣味で類型的と映った。

「そういえば、こないだあたくしが道で誰に会ったと思う？」なにやら険悪な雰囲気になってきたのを感じたサンドラが、その理由もわからないまま声を張りあげた。「フランス王妃よ！」

一同、沈黙。それから、今のはやりすぎだと苦々しく思ったアンリが、サンドラにもう一度言うよう求めた。

「こないだトゥールの通りで、フランス王妃にお会いしたのよ。ほら、ド・ボワイヨー夫人。ヴァロワ家[*5]の方だったでしょ。あるときブルボン家がやってきて、やたらとばらまかれてた称号を全部取りあげてしまったけど。もともとド・ボワイヨー夫人は、伯爵家の直系……名前は忘れたけど、かなり早く王位につかれた方の。だからブルボン家のことがなければ、フランスのほんとうの後継者で、王妃で……」

サンドラは、自分が言っていることの意味がもはやわからず、顔はほとんど紫色になって、さかんに体を揺すっている。

「ブルボン家の悪だくみのほかにも、何か事情があっただろうね。だろ？」フィリップがせせら笑って言う。「王妃に敬意を抱くのはわかる。子どものころ、そういう教育を受けたもんな。でもほかにも、きっといろいろ障害があったんだぜ」

「おめでたいなあ！」この家族にうんざりして、パンを噛《か》みながらアンリが大声を出した。

「そりゃあ、ほかにもいろいろ障害があったでしょう。そのご婦人、ド……何ていったかな？　何て名前でしたか、サンドラ？　そのご婦人はあまりに不恰好だから、後ろから見ただけでわかるとか！　そんな話を、早くテレビを観たがってるフランス人全員にしたいんですか？」

「あらそんな、あらそんな……」サンドラは肩をすくめた。「たまたま、たまたまよ。あの方だって、今のパリ伯*6夫人と同じようなものでしょ？　フランス王妃がうちのまわりから出てたら、おもしろかったでしょうにね」

「障害としては、フランス革命があった」リュドヴィックが、ふと口を開いた。

四人がいっせいに驚きの視線を向け、リュドヴィックは、はっとし、身を守るように片

＊5――一三二八年、ヴァロワ伯の息子フィリップ六世がフランス王になり、ブルボン家を推すイギリスの横やりで百年戦争となるが、以後ヴァロワ家は七代続いた。一四九八年、シャルル八世が嫡子を残さず亡くなり、嫡系は断絶。その後、王位はヴァロワ＝オルレアン家（ルイ十二世）からヴァロワ＝アングレーム家に移り、一五八九年、ブルボン家のアンリ四世が即位した。

＊6――フランスの旧王家オルレアン家の家長のこと。フランス王位請求者として、アンリ六世（一九〇八―一九九九）を名乗り、その後アンリ七世（一九三三―二〇一九）、ジャン四世（一九六五―　）と続いている。

手をあげて、はっきりと言った。

「ちょっと言ってみただけだよ、適当に……」

気づまりな沈黙が続いた。誰もが会話を再開させようとして、何か言いだそうとするものの、結局あきらめてしまう。

「で、おまえ、散歩はしとるのか？」アンリ・クレソンが息子に訊き、息子は思わずびくりとした。

「ええ、おとうさん、池が広がってるあたりまで行ったこともありますよ。カルーヴの、昔からある池が広がってるあたりまで。覚えてますか？　すばらしかった」

「昼間は見かけないから、散歩してるんでしょ」肩をすくめながら、サンドラが口をはさんだ。それから大きな声で言った。「まったく、分別も、脳みそも、記憶もないんだわ」

「ぼんくらどもとトゥールに飲みにいくのより、ましだ」アンリ・クレソンが言って、息子にちょっとほほえんだが、残念ながら息子はそれを見ておらず、またいつものうわのそらに戻っていた。自分の名前を耳にするまで。

「どうせあなたは一日じゅう、ベッドで電話してるか、家のなかを勝手にいじってるんでしょう」アンリが妻に一撃を加えた。「ここでちゃんと何かしてるのは、散歩をしてるリュドヴィックだけだ」

「でも彼は、この土地のほんのわずかな場所だって、ちゃんと見てないんじゃないですか」とフィリップ。「一人で何ができるんですかね。どこかで羊飼いの娘でも待ってないかぎり……」

「羊飼いの娘なんぞ、今どきもういないだろうが」いらだたしげにアンリが言った。「いたら、一人で散歩しなくてもいいだろうに。なあ、マリー＝ロール？　どうしてあなたは散歩についていかないのかな？　一度もいっしょに行ってませんね」

「散歩は好きじゃないからです、正直言って」

「息子が戻ってきてから、ただの一度もいっしょに行ってませんね。もう一か月になる？」

アンリがたずねる。

「昨日で一か月半」マリー＝ロールは率直に認めた。「パリを離れたのが七月七日。おとうさまと合流するのに、アルプ＝マリティーム[*7]から戻ってきてましたから。正確に言うな

＊7――フランス南東部の県でアルプス山脈の南に当たる。東はイタリアと国境を接し、南は地中海に面したコート・ダジュール地域。県庁所在地はニース。

ら、ちょうど四十七日」

マリー＝ロールの声がきつくなって、その四十七日に、重苦しくあまり快くない印象が加えられた。テーブルじゅうに居心地の悪い沈黙が広がったが、賢明なる女主人サンドラが、いま一度その沈黙を破った。

「そうそう、ダンスパーティーの、ほら、放蕩息子の帰還を祝うパーティーの、招待状を出さなくちゃ。そうだったでしょ！……九月の終わりにって決めて、日にちも決めてたのに、忘れてたわ。まったく、なんてこと！　頭がどうかしてるのね、あたくし」最後にそう言うと、サンドラは頭を振った。いつもの、誇り高く額《ひたい》を上げる姿勢を、一瞬放棄して。

かねてから、新クレソン夫人は、誇り高く額を上げるその姿勢で、自分の特権を確実なものにし、魅力と思っているものもアピールしてきた。

「女性において大切なのは」と、いつも語る（そしてそれはますます頻繁になっている。ほかにたいして見るべきものが残っていないからだが。二十キロ増えた体重は別にして）。

「額の上げ方、誇り。それが人に頭を下げさせるの。武器にして防具。ほんとよ」

癇《かん》にさわったアンリは、ある日、大切なのは特別な額の上げ方などではなく、額の中身だと気づかせようとした。そして面と向かって言った。

「どうして中身のない殻を振りかざすことに、こだわるんですかね？」

「勝手におっしゃい、アンリ。首、肩、うなじは女性の教育も品位も表わすんです」サンドラは言いかえした。

アンリは、雄牛のような肩をすくめた。

「誰にでも、これってものがあるんだな」

「マリー＝ロール、明日から取りかかりましょうか？　招待状を三百通も書かなきゃいけないんだから……わかってるかしら？」

「羊飼いの娘たちも忘れずに」フィリップが懲《こ》りずに言う。「招待しなくちゃな！」

愉快そうな様子で、みんなを笑わせようとしたのだが、そういう雰囲気ではなかった。

「そんな娘たちがいるとして、彼が招待すると思うの？」マリー＝ロールは皮肉たっぷりだ。「まあ、そういう娘たちを池に突き落としでもしないかぎり、あたしたちはべつにかまわないけど」

それから彼女は、はてしなく耐えるという風情になった。

事故以来、クレソン家では、リュドヴィックをきちんと名前で呼ばなくなっている。彼ら家族の心のなかで、本物のリュドヴィックは死んでしまったのだ。だからただ「彼」と言い、本人についてのどんな話も、平気で本人の前でする。まるでそこにいないかのように。

そしてリュドヴィックは、窓のむこうの田舎の景色に、いつも視線をさまよわせている。

アンリ・クレソンがマリー＝ロールを見つめ、突然、間延びした声で訊いた。

「マリー＝ロールさんや、数字に正確なあなたなら、いま何時か教えてくれますか？」

「もうじき八時二十分です」義父のほうへ目も上げずに、マリー＝ロールは答えた。

「心から感謝しますよ」とアンリ・クレソン。「失礼、ほんとに討論会を観なくちゃならんのだ。なんとしても見逃したくない。ありがとう。またあとで」

*

アンリはそっけなく椅子を半回転させると、デザートを前にまだスプーンを手にしている家族全員に背を向けて、リモコンを取り、テレビをつけた。一瞬画面が乱れ、短い天気予報のあとに、お待ちかねの番組が始まった。

ほかの家族用には、モロッコ風の居間とフィンランド風の居間のあいだに別のテレビがあるので、みんな中国風のソファにすわって、それを観る。彼らにとって、番組の選択肢はそう多くはなく、それは全フランス人にとっても同じだ。ただ、胸がときめくアメリカの連続ドラマは別で、どんな人にもわかりやすく、最新作は十回シリーズで、毎回欠かさず観てきた。じつはフィリップも、華々しい実業家たちが高慢で野心家の妻たちと、堕落した子どもたちの板ばさみになりながらくり広げるこの恋愛ドラマに、女性二人と同じぐらい興味しんしんだ。

リュドヴィックも、前に一度このドラマを観たのだが、つまらなくてすぐ寝入ってしまった。それでもソファにすわって、おもしろそうなふりをしながら、今日もその黒い箱を見つめている。コマーシャルや予告編が十分にわたって続き、美しく悲劇的な音楽とともに制作陣や俳優たちの名前が流れだすと、誰もがドラマの世界に引きこまれていく。

一方アンリ・クレソンは、経営者に対抗する労働組合の面々を眺め、発言を聞きながら、すでに小さくあくびをしていた。アメリカの連続ドラマのほうは、ありがたいことに盛り上がって終わり、フランス全土が涙していた。女性二人は、感動的なシーンで目を赤くしたが、フィリップは義弟の手前、こらえた。これから二週間、からかわれたくなかったから。それでどうでもよさそうな顔をして、リュドヴィックに片目をつぶってみせたが、リュドヴィックはおとなしく無邪気にドラマを観ており、最後に勝ち誇ったような音楽が響いたときだけ、身ぶり手ぶりで体を動かした。

アンリの番組のほうは、リーダー二人がたがいに別れの挨拶をしていたが、どちらももう巧妙に持論をアピールしようともしていなかった。選挙が近くて、政治家たちは「なぜ」という話から「どのように」という話へ移る時間がないのだ。二人のおしゃべりが終わると、アンリはふっとわれに返り、意に反してすでに長くつきあっている生身の人間たちのほうをふり返った。

「ずっとくだらんことばかり言っておった。あれは二人ともばかだな！　ああ、哀れなフランスよ！」そう言いながらも、内心ではたいそうご満悦だ。じつはゆうべ株で大儲けしたからで、ひそかに秘書と喜びあったところなのだ。秘書は、米つきバッタみたいにぺこぺこしていた。

だが家族には隠していた。そして今も突然立ちあがり、勝手に話を続けた。

「いずれにせよ（彼の声は、水道管がゴボゴボ鳴るみたいで聞きとりにくいのに、四部屋むこうまで届いたのだから、大儲けのうれしさを隠しきれているともいえないわけだが）、やつらの議論がアメリカのメロドラマを邪魔したとは言えんわけだな！（そしてつけ加えた）それでは、おやすみ」

彼はすぐさま、下ろしていたサスペンダーを引きあげると、なぜかそこにあったクメール[*8]の小さな像を蹴飛《けと》ばし、像はモロッコのクッションのところまで飛んでいって、アンリの姿は見えなくなった。庭をひとまわりしにいったのだろう、たぶん。

外は、おだやかな秋の宵だった。もしドラマを観ていた面々が、主要人物の男性三人に対する感動や悲しみや熱い思いを語りたがらなければ、リュドヴィックはたぶん父親の散歩に合流していたことだろう。

すばらしかったドラマについて、さまざまな感想や、心に触れたことや洗練された意見

＊8――カンボジアのもととなった国で、アンコール・ワットに代表されるカンボジア文化を築いたが、十九世紀後半にはフランスによる植民地化が進んだ。

がやり取りされ（「こういった「決着《セトルメンツ》」にもっていくテクニックは、アメリカ人ならではね」）、登場人物たちの才気や知性や心の広さが力説されたあとで、サンドラは、最後のせりふを自分で言ってみようとした。

「ええ《イエス》、マイ・ディア・ミセス・スコット、彼を愛していたけれど、死ぬほどではなかったってことですね。ときに愛は、人を傷つけ、死なせて、ようやく終わるものなんですから」

ヒロインの、黒人の乳母のせりふで、当時の映画によく見られる、健全で「すぐれた奴隷」の温厚な南部訛《なま》りで話される。だが、それはあまりにラ・クレソナードの奥さま向きではなかったので、弟のフィリップは、こらえきれずに大声で笑いだし、自分の部屋へ逃げていった。

残された女性二人は、いくつかの場面を思いかえし、自分だったらどうするかという話を続けた（「ええ、そうよ、そうだって認めましょうよ」）。サンドラは、ソファ――メキシコ風なのか、ひょっとしたらベドウィン[*9]風なのか、わからない――から出ている義理の息子の足に気がつき、ちょっと同情して質問した。

「で、あなたはおもしろかったかしら？」

「全部は観なかったから」リュドヴィックは言った。「でも最初のほうの会話は、ぼくにはちょっと……重かった」

「期待してもだめよ」マリー＝ロールが、気落ちしているサンドラに言った。「生まれてこのかた、彼は五本も映画を観てないし、読んだ本だって、たぶん十冊以下。絵なんか一枚も観てないんだから」

リュドヴィックは、二人の見くだした調子も気にかけず、にこにこしながら、本は読むし、ずっと詩が好きなんだと静かに言った。そして疑いの目を向けている二人の前で、いきなり暗唱を始めた。

やさしさも辛酸も
何も明かさぬきみの瞳は
黄金と鉄が混じりあう
冷たい二つの宝石[*10]

＊9――アラブの遊牧民族のこと。

「詩のなかでさえ、女性たちへの恨みを表わしてるのね」マリー＝ロールが知ったかぶりをする。「かわいそうなヴェルレーヌ！」

「ボードレールだと思う」リュドヴィックがやさしく訂正した。マリー＝ロールは、じつは自信がなくてそわそわしていたので、これで完全に頭に血がのぼった。それでも笑いながら言った。

「明日、調べて確かめるわ」

それから義母の腕をとった。サンドラは、どちらの詩人ともわからなくて決着をつけられず、疲れて感傷的にもなっており、階段を上るのにマリー＝ロールにしがみついた。二人は、体が硬直した二匹のヤギのように、ぎこちなく上っていった。マリー＝ロールは怒りで顎を突き出していたが、その怒りこそが、彼女の身体的な活力をいつも増進させるのだ。

＊

すでに部屋の電気スタンドは、テレビ同様、執事のマルタンによってすべてていねいに消されており、階段の手すりを縁どる明かりだけが、うすぼんやりとついていた。時代や様式はさまざま、でも趣味の悪さは共通しているインテリアのなかで、それらの明かりの色調には、人の心をなごませるものがある。

アンリ・クレソンは、家でもブルジョワの掟《おきて》にのっとり、もう長いあいだ電気のスイッチには触っていない。だがときおり、サンドラが使う四十ワットの電球を替えさせている。二百ワットのものに。妻が好むうす暗い照明では、気が滅入《めい》るのだ。それで、どこであろうと八十ワットより暗い電球を使うのは禁止しているほどだ。

サンドラもアンリと同じように、電気のつけっぱなしとか、放送終了後もテレビをザーザーいわせておくこととか、ほかにも無頓着な贅沢《ぜいたく》がとても高くつくことを知っている。でも暗いなかで階段は上れないし、治療費がかかるようなことにでもなったなら、電球以上に高くつく。それで彼女は、居間に一人残っていたリュドヴィックに大きな声でたのんだ。

＊10――ボードレール『悪の華』より「踊る蛇」の一節。内容から、ハイチ生まれの女優で恋人だったジャンヌ・デュヴァルを歌ったものと言われる。

「手すりの電気、消しといてくださいよ。忘れないでね」
急にやさしい継母のように、最後のひとことには愛情をこめて。

*

リュドヴィックとマリー＝ロールの寝室は、新婚の夫婦らしい部屋だった——というより、二人の場合は、事故にあった夫婦らしい部屋というべきか。屋敷の反対側の、丘が連なるほうに面した広い部屋で、小さな階段を下りていくと、長椅子のある書斎のような部屋が付いており、そこではベッドで跳ねまわる合い間に休んだり、少し読書したりできるようになっている。

リュドヴィックは「奇跡的に生還した人」、「家族のなかの元精神障碍《しょうがい》者」だったが、戻ってきたからにはもちろん、妻と愛しあって夜を過ごすと思われていた。だが目下《もっか》のところ、一階のその休憩室にある小さな折りたたみベッドと植物と、何冊かの本ばかりがおおいに役に立っている。

部屋には大きなフランス窓があり、テラスにむかって開いていた。リュドヴィックはそこから入ると、すばやく服を脱いで、おかしなパジャマに着がえた。赤ん坊に着せたほうが似合いそうな寝間着《ねまき》なのだが、本人はなじんでいるようだ。そして枕元の小さなランプを二つつけると、上の部屋に続く階段を上った。

「マリー＝ロール？　マリー＝ロール？」やさしい声で呼んでみる。

マリー＝ロールは乱暴にドアを開けた。

「何ですか？」

その声は階段に響きわたり、開いたままのフランス窓から外へ流れた。悪い噂《うわさ》がたってはいけないと、彼女はすぐさま声を落として、歯と歯のあいだで抑えるような、鋭いひそひそ声に変えた。だがその分、いっそう攻撃的になっている。

「何ですか？　今度は何?!」

「いっしょにいたいと思ったんだ」リュドヴィックはゆっくりと、この上なく礼儀正しい口調で言った。「あなたとまた、いっしょに」

「ぜったいいや！　ぜったい！」

そして彼女は、口をつぐんだ。

マリー＝ロールは階段を一段下りると、怒りと恨みで引きつる顔、感情ばかりになって歳《とし》をなくした顔で、リュドヴィックと向きあった。夜用の長いキモノ風ローブをまとい、大きな二つの袖からは、マニキュアの光る痩《や》せた手が出ていて、爪で相手の喉を掻《か》き切らないためとでもいうかのように、両側の手すりにぎゅっとつかまっている。魅惑的だが恐ろしいその姿は、不意に、巨大なコウモリを思わせた。動物園で、子どもたちを怖がらせるあのコウモリを。

リュドヴィックは思わず上半身をのけぞらせ、これまた機械的に、小さな木製の手すりにつかまった。こうして二人は、恋の戯れを楽しむ恋人どうしというより、たがいに不幸を望む宿敵どうしという恰好になったのだ。

少なくとも、アンリ・クレソンにはそう見えた。プラタナスにもたれていたので、自分は陰になっていたが、正面に嫁の顔と、くずおれていく息子の顔が見えていた。距離は十メートルほどで、明かりのついたフランス窓から漏れ出てきたものが、全部見えたし聞こえていた。だが彼は、その光景にも言葉にも、びくともしなかったのである。

「もう治ったんだ」ゆっくりとリュドヴィックが答える。「愛してる。治ったんだ」

「あのね、こういう言い方はあんまりしたくないんだけど、毎晩しつこいから言わせてもらうわ。あなたは治ってないし、けっして治らない！　あたしはお見舞いに行くたびに見てきたの。あなたは拘束衣を着せられて、床を這《は》ったり嚙みついたり、よだれを垂らしたり、仲間の患者たちとばかみたいに笑ったり、そういうのをどうやって忘れろっていうの?!　ぞっとしたわ！　嚙みつくような危ない獣《けだもの》と、あたしがいっしょに寝られると思う？　あたしはぜったい、あなたと抱きあえない、ええ、よく考えてよ……そんなことができる女は、一人だっていやしないの。そのうつろな目、だらんとした腕、おお嫌だ！　わかる？　ねえわかる？」

　アンリ・クレソンは、嫁の引きつった顔と息子のくずおれた背中しか、その場からは見えなかったが、奇妙な表情になっていった。それはどこか遠くの島の、神をかたどった偶像にあるような、木でできた怒りの仮面の表情だった。

「嚙みついたことなんて、一度もない」リュドヴィックは言った。「ぼくはただ眠っていただけだ」

「どうしてわかるの？　リュドヴィック、あたしたち、離婚しましょう。できるだけ早く、お願い、秋のパーティーが終わったら！　それで永遠にさよならよ」

彼女はまわれ右をすると階段を上り、最後の段に少しつまずいて、うつむきながら部屋に入っていった。悲劇めいた身ぶりで。

リュドヴィックもゆっくり体の向きを変えると、階段を下りて、ベッドへ横たわりに行った。その表情は、父親とどこか似ていた。無関心でうわのそらで、まるで表情がなく、凶暴性などどこにもない。タバコに火をつけたときも、古いマッチの軸はたよりなかったのに、少しもやり損なうことなく、手を震わせることもなかった。

3

ほのかに輝きはじめたアウステルリッツの太陽[*1]は、じゃなくて、今日ここトゥーレーヌの太陽は、リュドヴィックの修道士のような部屋に光を投げかけて、何不自由ないのに悲しい眠りでゆるんだその顔だちを、一瞬浮かびあがらせた。

彼はまばたきをした。すると、あるときから知っている男――永久に嫌悪と距離を妻に感じさせる男――のことが思い浮かんだ。当惑して、枕の上で頭の向きを変えながら、彼はうめいた。

はっきり物が見えてくると、パジャマの袖はずっと前から、そしてこれからも、短すぎ、そこからは以前のたくましい腕ではなく、十代の男の子のように骨っぽくて華奢《きやしや》な手首が突き出している。

この家に帰ってきて以来感じていた孤独と、不安と、絶望が、マリー＝ロールの言葉で、それ以前のぼんやりした終わりのないかのような状態のころより、さらに残酷に迫ってくる。だがその男の様子についても身体《からだ》についても、人に催《もよお》させると今ではわかる嫌悪についても、どうすることもできない。責めることさえできない。それは精神科病院の、ガラスがはまった分厚いドアのむこうで、あんなにもすぐ、いやあんなにもゆっくり、リュドヴィック自身がおちいっていった人間なのだから。

自死を選んで、人生を切りあげることには一度も気持ちをそそられなかったし、実際そういう余裕もなかった。人生といっても、結局のところ、まだほとんど何もわかっていなかったのだし。病院にはどこにも鏡がなくて、髭剃《ひげそ》りのために四角いガラスがわたされる

＊1――「アウステルリッツの太陽」は、一八〇五年、オーストリア領アウステルリッツでロシア・オーストリア連合軍とナポレオン率いるフランス軍が戦った「アウステルリッツの戦い」において、フランス軍を勝利に導いたとされるもの。はじめ霧におおわれて前進できなかったフランス軍を、霧から顔を出した太陽の光がおおいに鼓舞し、それが勝利につながったという。リュドヴィックの不利な状況に、これから光が射《さ》してくることを暗示しているのだろう。

だけだったが、それも、生きる意志があると看護師たちが認めたときだけだった。

　そのようなわけで、リュドヴィックが事故後はじめて自分の姿を見たのは、二年の月日が流れてからのことだった。彼を乗せてラ・クレソナードに向かっていた救急車が、薬屋の前でふと止まったとき、ウインドーに、背が高くて落ち着きのない、見知らぬ青年が映っていたのである。

　だからここに帰りついたとき、サンドラとマリー＝ロールの「変わったわねえ！」——どこがとは、ひとことも言わなかった——には、べつに驚くこともなかった。一方、マルタンの満足そうな様子——「前よりお顔の色がずっとよろしいですね」——には笑わされた。事実、マルタンが前に会ったときのリュドヴィックは昏睡状態で、すでに終油《しゅうゆ》の秘跡がおこなわれたあとだったのだ。

　鋭いところがないでもないサンドラは、この儀式は詐欺だったのではないかと疑っている。神父が取り乱した様子で、洗礼を受けず辺獄《へんごく》＊2にいる無神論者をあわてさせ、儀式代をだまし取ったようなものだったのではないか、と。じつは、彼女が義理の息子を最も非難しているのはこの点で、まるで死んだようになるという一種腹黒いことをしたと思っているのだ。そう言ったのは、もちろんあとになってからだけれど。

サンドラは、夫がやや暴力的なのも、内心怖かった。物腰はていねいなのだが、何かの拍子に、今日の観点では許されないほど乱暴になる。二人が結婚したばかりのころ、おしゃべりの止まらない彼女を黙らせようとして、ぽんぽんと後ろから肩を叩いたものの口を閉じなかったので、次は力を入れて何度か小突き、ついにはサンドラの肩甲骨のあいだを強烈に平手で打って、突き飛ばしたことがあった。逆に抱きしめるときも、あまりに力が強くて、サンドラは窒息しそうになる。彼女がリュドヴィックのことで持論を披露して、この上ない偽善を装おうとしたときも、それで息ができずに挫折した。

またアンリ・クレソンは、嫉妬深い蹠行《しょこう》動物[*3]のようにサンドラを胸に抱きしめながら、耳にこうささやいたこともあった。

「あいつは死んだほうがいいと思いますか？」

もちろん、そうではないに決まっているではないか。

＊2――洗礼を受けず、原罪をもったまま死んだが地獄へ行くと定められてはいない者が、行き着くと考えられてきたところ。リンボ、古聖所などともいう。

＊3――足の裏全面を地につけて歩く動物で、クマ、サル、ウサギなど。ヒトもこの分類に入るが、最も原始的な歩き方とされる。ここでは、アンリの体型が胴長短足であることを表わしているのだろう。

だが最も頭のいい男たちでも、ある種の気配りに必要な繊細さがつねにあるとはかぎらない。女でも、マリー＝ロールは同じで、義母の考え方を理解してはいない。

＊

朝もまだ早い時間――ラ・クレソナードの住人たちにとっては比較的早い時間だったが、サンドラは、すでに起きて食事室に集まっていた者たちに（サンドラも思いきって下りてきていた）、夫への賛美と憐れみの混じったいつもの口調で「主人は明け方に出かけていったの」と話した。

「会社へ行くのに、八時に出るんじゃ遅いからって」口調はしだいに熱を帯びてくる。「六時に急いで出ていったのよ。どうしてって訊いたら、なんだか変な答えで……よくわからなかったわ……」

そして、ちょっと困惑しつつお茶目な様子で笑ってみせ、一同の注目を引いたのだった。

「いっしょに考えてあげようか」とフィリップ。「旦那さんがやるいたずらには、慣れてるからね」

「答えはこんなふうだったの。『かわいいおまえ、なじみの羽根枕を相手にこのままベッドにいて、おれが帰ってくるまで動くんじゃないよ！』」

その場の全員が——フィリップもリュドヴィックもマリー＝ロールも、爆笑した。つられてサンドラも大笑いしたものだから、もたれていた三脚台を——雲母と不燃防汚《ぼうお》生地でできていて、壊れないし錆《さ》びないが替えのきかない、つまり買いなおすことのできない三脚台を、ひっくり返した。結果、彼女はそのまま優雅に、ずっと低い位置にあったモロッコのクッションに倒れこんだ。

それから執事のマルタンに、人さし指を上げた。

「これをスウェーデンだかどこだかの工場に、送りかえしてちょうだい」きびしい口調で体裁をつくろい、威厳を取りもどそうとする。

「その工場なら、もう六十年前に倒産したよ」フィリップがつぶやいた。「お気の毒さま。前に、チェッカーっていう同じデザイナーのガーデンチェアをあげたいと思ったけど、見つからなくてやめにした」

「独創的で美しいものは、もう流行《はや》らないのね」姉は嘆きながら、パウンドケーキをひと切れ取ったが、手からすべってゼビュー牛[*4]の剝製《はくせい》の下へころがった。変わった名前の動物だが、高い料金を払って頻繁にメンテナンスしているため、骨格と皮と頭部が残っている。最も珍奇なものを展示する博物館にさえ知られずに、この変わった獣《けもの》はここで子どもや犬や猫を怖がらせ、大人をもぎょっとさせてきたのだが、時とともに、大胆不敵な犬たちが挑んで少しずつ齧《かじ》り取ったため、毛はなくなり皮も破れ、今や何だかまるでわからず、ただディプロドクス[*5]の時代に、地球でいちばん大きくいちばん醜かった獣を彷彿《ほうふつ》させるだけになっている。

そんなゼビュー牛の剝製が、この部屋には堂々と飾られているのだ。太いしっぽは、ツタンカーメンの石棺の複製に巻きつき、頭は、かつて異端審問所の神父が所有していたゴシック様式のたんすに触れている。

いずれにせよ、そんな屍《しかばね》の残骸は美しくない。もっとも、家族はもう誰も見ていない。外から来た者たちが怯《おび》えるだけだ。なにしろ、牛にしては巨大なのだから（それにしても、サンドラが言い張るような、王者ディプロドクスの相手になれる大きさではないのだが）。

＊

アンリ・クレソンは、たしかに早く起きていた。よく眠れなかったのだ。前の晩のマリー＝ロール対リュドヴィックの一戦《ラウンド》を、プラタナスの陰から見たせいだ。彼は、保護者として息子を注意深く見守ってきたわけではなかったが、それにしても、息子は幸せだとずっと信じきっていた。ところが今や、あの子はふたたび幸せになることはできないと知ってしまったのである。なにしろこの屋根の下で、不穏でバランスの悪い戦いがおこなわれているのだ。そして選ばれた犠牲者の名は、自分の血を引き、多少なりとも自分に責任がある、リュドヴィック――。

というわけで、アンリ・クレソンは、起きぬけから不機嫌だった。そしてその不機嫌は自分への怒りとなり、さらに人々へ、他者へ、人間全体へと向けられ――最初の妻だけはまったくの、完全な例外だったが――、人も哀れな動物として、つがいになってともに生きるようにと強いるあらゆるものに向けられたのだった。

＊4――おもに南アジアの家畜牛で暑さや病気に強く、コブ牛とも呼ばれる。背中にコブがあり、頭は小さく大きな角があって、耳は長く垂れさがっている。

＊5――ジュラ紀の大型草食恐竜。一方、哺乳類の歴史としては、恐竜の時代にはまだ初期の小型のものしかいなかったとされ、ディプロドクスとゼビュー牛が同時期にいることはなかったはずだ。ここはただ反射的に笑えばいいのだろう。

アンリ・クレソンは、いつも不機嫌だとか、怒りだす寸前だなどと言われるが、それはまちがいだ。彼なりに、筋の通った理由が必ずある。仕事がうまく進んでいないとか、逆《さか》らうやつがいるとか、美人なのに退屈な女だとか。本意ではない何かが、必ず。そういう場合、彼は何か行動を起こさなくてはならないわけだが、今回は、どんな行動を？

そう、この大いなる愚か者、リュドヴィックのことを、地元のしかるべきプロの女性に相談するのだ。

そこでアンリは車に乗りこんだが、件《くだん》の人物がいる通りは車を停《と》めにくかったと思い出し、ほかに駐車できる場所を探そうと決めた。そして、見つけた。

＊

マダム・アメルには先約があったが、それをアンリは知らなかった。少し前、マダムはバーのカウンターにさっと羽根ばたきをかけ、スツールを二つ空けて、ほかのスツールから遠ざけた。すわるために木で作られたこの素朴な物体が、好ましからざる証人になるかもしれないとでもいうように。

それからウイスキーのボトルを出し、パスティス「リカール」も出し、念のため、ペリエとコカ・コーラも出しておいた。今日びは男たちもずいぶん変わって、飲みものの好みもどんどんおかしな具合になってきているから。*6

アンリ・クレソンは軽快な足どりで、小さな玄関をなじみの場所のように通りぬけると、マダム・アメルの前に到着した。そしてマダムの指のあたりを握り、身をかがめて指先にキスをした。マダムはこれがひどくお気に入りなのだと、なんとなく覚えていたからだ。おそらくマダムのなかにある紳士《ジエントルマン》のイメージに、ぴったりなのだろう。

彼はマダムの隣りのスツールにすわり、出ていた四本のボトルの上で手をさまよわせてから、結局両足でつま先立ちをして、また立ちあがった。たぶん（読者のみなさんは）ご存じないだろうが、彼の背丈は中ぐらいで、少々短足なのだ。で、そのまま止まり木から飛びおりるようにして、ウォッカのボトルを探しにいき、戻ってくるともう一度同じ努力をして腰かけ、意気揚々と戦利品をカウンターの上に置いた。

*6――フランスでは食事中の飲みものはワインが基本で、「(食事中に) 水を飲むのはカエルとアメリカ人だけ」とよく言われる。ましてバーで、水やアメリカ発のコーラを飲むなど、昔は考えられなかったのだ。

マダム・アメルは勝手にそんなことをされたのが気にさわり、彼のまわりを小走りしながら氷や炭酸水を出すと、「ねえ、インディアントニック[*7]のほうがいいかしら？」などと世話を焼いた。それからやはりウォッカを飲むことにして、二人は乾杯した。旧友のように、まるで初対面のように、久々の再会のように。そう、久々の再会だった。

「あいかわらずお美しい」とアンリ・クレソン。

だがその声自体が耳ざわりなうえ、マダムは彼からのお世辞にうんざりしている。ほかの客たちからのお世辞には、もっとうんざりしているが。

「ご冗談を」とマダム。「いつもながらおやさしいこと。でもご冗談ね」

「まじめな話で冗談は言わん」アンリはほほえんだ。

そしてウォッカをひと口飲んだところ、あっという間にとても歩けなさそうな、歩くなんてとんでもなさそうな、いずれにせよ、小学校の先生みたいなメイクをしているこのマダムには、ずいぶんけっこうな、というか、興味深すぎる状態になった。

すぐにマダム・アメルは、話がそう簡単ではないと察し、とりあえず当たりさわりのない話題でリラックスさせることにした——最近はいかがでした？　どうしてちっともお会いできなかったの？　お仕事は順調？　みなさんあなたの噂ばかりよ、あんなに成功なさったって……おまけにパリでも、ですって？　ほんとうに政界へ打って出るおつもり？
アンリは聞き流していたが、最後の点にだけは、床にむかって手を広げ、激しく否定した。

「政界だと！　断じて、ない。くだらん、まったくもって、くだらん！」

　マダムもうなずいて、賛意を表明した。

「さて、と！」アンリは手のひらでカウンターを叩いた。「時間の無駄はさせたくないんでね。私の問題は、息子のことなんだ。一人息子のリュドヴィックが、大事故にあったことはご存じだね？」

「ええ、もちろん、もちろんよ……」

「うむ。で、それから息子は、ばかげた精神科病院みたいなところをあちこちたらい回しにされて、時間と私の金と、精神科医が出すひどい薬の数々を無駄にした。それもご存じかな？　そうだな。隠しておこうとしても無理だな……」

＊7――苦み成分としてキナ抽出物の入っているトニックウォーター。苦みも甘みも強めに感じられるため、かなりドライなジンに合うとされる。

アンリは冷笑した。マダム・アメルは、奇妙に気づまりだった。あらゆる話題を予想していたが、さすがにアンリが息子のことを話すとは思っていなかったからだ。これはどうしたことだろう。

「ええ、でも、みんなあなたの息子さんのことはあんまり話さないのよ。いえ、話すことはあっても、つまらないことばかり。みんな知らないのに。今はもう知らないのに」

「そうかそうか。じゃあ、あいつに会ったことは？」

「もちろんないわ、現れないんだもの。市役所の植栽業者が、よく知らないけどお宅に荷を届けに行ったか何かのときに、たまたま見かけたそうだけど。遠くからだと、とっても痩《や》せてたって。でも話はしなかったって言うし。ねえ、そういうの賢明じゃないと思うの。お宅のリュドヴィックは外に出て、姿を見せて、みんなに証明しなくちゃ。自分の……」

　ここでマダムは口をつぐむと、肩をすくめた。

「……頭はおかしくないってことをか？」アンリ・クレソンがあとを継いだ。「おかしくなんかないさ。一度もおかしかったことはないんだ。なのに、ばか者どもにおかしくさせられちまった。早く仕事を再開させようとしたのも、まずかった。な？　二年間も次から次へと鎮静剤漬けにされたら、誰だっておかしくもなる」

「おっしゃるとおりね」

マダム・アメルはうなずいて、この話の教訓をまとめようとしたが、アンリはすぐさま手で払いのけるしぐさをした。

それでマダムは、また話を聴く態勢になった。

「あいつは二年間、女との交渉がなかった。クレソン家はみんなそうだが、あいつも何というか、強いほうなのに、まる二年女なしだ。じつによろしくない」

「でもお嫁さんがすぐに来て、看病したんでしょ！　感じのいい奥さんで、おまけにすごく魅力的……」

アンリがさえぎった。

「いいや。きれいかもしれんが、あばずれで、野心家で。要するに、純粋でやさしくて思いやりのあるあいつには、何一つそぐわない。なのにあいつは、そこから抜け出ようとしておらんのだ」アンリの声には、そこはかとなく愛惜《ノスタルジー》の情のようなものがにじんだ。

「ともあれ、あの嫁はあいつに、頭のおかしかった男とやり直すなど女には不可能だ、と言いおった。冷たく突きはなしたんだ。ベッドも拒んでおる」

マダム・アメルはショックのあまり、スツールから転げ落ちそうになった。職業柄、

「ベッドを拒む」というフレーズほど衝撃的なものはない。

「そんな……そんなのひどすぎます！　だいいち、夫婦の義務に反するでしょう！　結婚してるんだから、ちゃんと要求して……」

アンリ・クレソンの表情は、要求できるものなど何もないと語っていた。マダムにいま話を聴いてもらうこと以外。

「どうするおつもり？」

「とにかく早く、あいつを安心させてやろうと思ってる。あいつに会ってないのは残念だよ。前よりいい男になって、さらに魅力的だ。前も美少年だったがな、そうだろう？」

「ええ、そうそう！」マダムはうなずいた。「美少年で陽気で、女の子たちに人気で、とってももてたわね。息子さんはほんとに素敵な男の子だった。それがどうして薬なんかで……その、何ていうか……獣《けもの》みたいになっちゃったのかしら」

「私にもわからん。だからここの……女の子たちに、息子を安心させてやってほしいんだ。たのめるかな？」

「もちろんですとも」とマダム・アメルは答えたが、たちまち、あやしげで奇妙で気がかりでさえあるリュドヴィック・クレソンの風評が頭に浮かんで、軽く混乱をきたした。

話はそう簡単ではないのだ。いったい誰にする？……誰がいい？……誰？　目の前にいくつもの姿が、顔が、浮かんでは踊りはじめる。あの娘《こ》は若すぎるし、この娘はおバカすぎる……。

「言うまでもないが、ばかな小娘も、神経症の娘もお断わりだ」アンリ・クレソンも念を押す。「大人の女でなけりゃ。大人のいい女だ。男の子が好きで、面倒の見方がわかってて、まあこういう場合の見方ってことだがな。どうだい？」

「待って、待って……そう、一人いい大人の女がいるわ。若くて魅力的で、あなたはご存じないけど、パリから、っていうかクリシーから来たばっかりで、ちょっと勇敢なところのある娘」

「息子に勇敢な女などいらん！」アンリはいらだって、またもカウンターを叩いた。「いるのはただ新しい人生経験なんだ。つまり、あいつに力を貸してやりたい。そうしたら、すべてうまくいくようになるだろう。あいつにとっても、われわれにとっても」

「まったく、ほんとに困った状況ね。お気の毒な、あなたの奥さまにとっても」

「ふん、あれはなんにも知らん。どんなときでも、なんにもわかっちゃおらんのだ、そもそも。でもあいつはわかってる。あばずれの嫁が言ったからな。自分は嫌悪感を抱かせるんだと思いこんだ。それは違う。ま、話は簡単だ。昼食がすんだら、あいつを車で連れてくるから」

「でも、そんな、クレソンさん、ご冗談でしょう、おっしゃることはわかりますけど！　その大きな青年は……」

アンリはふたたびカウンターを叩いた。

「だからこそ！　息子に会ってもらいたいんだ。私を非常識と非難するのか、それとも全面的に同意するのか。二時半ごろにまた来るよ」

言い終わると同時に踵《きびす》を返して、アンリは出ていった。マダム・アメルはこの任務のデリケートさに、顔をまっ赤にしたり引きつらせたりしながら紙とペンをとると、秋に一本の木から次々落ちてくるリンゴのように、一本のペンから次々出てくる名前を書きだしていった。

*

時刻は昼の十二時半。もしかしたら一時だったかもしれない。アンリ・クレソンは、帰宅し昼食をとってリュドヴィックを連れていくことがじゅうぶんできたのだが、そこでは、たと考えた。すでにゆうべ家族と食事して、疲れ、いらだち、神経を高ぶらせられた。続けてまた同じような食事では、やりきれない。

そこでなじみのオーベルジュに寄って、美味しいアンドゥイエット[＊8]を食べた。妻はアンドゥイエットのよさを、あまり理解していない。だが、ともあれ家には電話をしておくべきだろう。リュドヴィックが昼食後、突然すきま風に姿を変えて、帰宅したらいなかったなどということのないように。

電話をかけるとマルタンが出て、少しも感情をまじえない声で答えた。これは何かつまらないことをしたしるしなのだが、そういうときには見たこともないほど平然とした顔になり、どことなくあのミスター・スポック[＊9]に似てくる。ミスター・スポックは、ＳＦテレビドラマシリーズの登場人物で、アンリもリュドヴィックも大好きなのだ。ともに知っていて、ともに気に入っているただ一人の架空の人物だ。

＊8——フランスの伝統的な豚肉加工品《シャルキュトリー》の一つで、豚の内臓や肉などを細かく刻んで詰めたソーセージ。
＊9——アメリカの大人気シリーズ『スター・トレック』に出てくる人物。超能力をもつ異星人と地球人のあいだに生まれたという設定で、感情を表わすことがない。

「奥さまがた、旦那さまがたは……」執事は、暗く冷ややかな声で始めた。

「あいつらがどこにいようと、かまやしないんだ。誰でもいいからさっさと電話を替わってくれ。いや、もういい、リュドヴィックに『昼食後迎えにいくから』と、それだけ伝えてくれ」

「昼食後、旦那さまが旦那さまを迎えにいらっしゃると？　かしこまりました、お伝えいたします、旦那さま」

「マルタン、大丈夫か？」

「まったく大丈夫です、ありがとうございます、旦那さま」

アンリはすばやく電話を切った。ラ・クレソナードで、またも家庭内悲劇に遭遇するところだったのかもしれず、直感で回避できてよかったと思ったが、それも一時間足らずのこと。〈英国製の肘かけ椅子にゆったり腰かけて、足元に愛犬をはべらせ、うまいスコッチウイスキーの瓶があって、暖炉ではあたたかな火が燃えている〉——よくそんな夢想もするが、結局のところ、それはなんとばかげた閑人《ひまじん》のたわごとだろうか。

さて、マダム・アメルに会いに行く前、早起きして誰もいない会社兼工場に行ったときのことに話を戻すと、アンリは、前夜からの不愉快な気分がまだ残っていたのだった。あれからいくつか突飛な行動も（まさに文字どおり）してみたが、少しも気晴らしにならなかったのだ。なにしろ一つ屋根の下で、いつの間にか不可解な戦いがくり広げられており、それを何も知らなかったのだから。これが第一の不愉快な点。

第二は力関係が、まったくゆがんだ形で表面化している点。一方は脆弱なのに、もう一方は獰猛《どうもう》。そして前者はこの上なくやさしくておとなしいため、そんな状況に対して何もできない。そして第三に、この戦いで犠牲になるのは、同じ血を引く最も近い直系、つまり自分の一人息子なのだという点。

リュドヴィックの性格は、目下《もっか》アンリが漠然と理解しているとおりで、誰から見ても心ここにあらずで傷つきやすいが、誰からも、何によっても守られてはこなかった。沈黙の直近二年を除いて。

もちろんリュドヴィック自身、マリー＝ロールの癇《かん》にさわる意地悪や、彼の目には異様に映るばかげた態度には、礼儀を保ちつつ触れないようにしてきた。

そしてもちろんアンリは、マリー＝ロールが夫リュドヴィックとベッドをともにしないとわかってから――つまり一か月前に嫁が息子にいや《ノン》と言い、リュドヴィックがその「いや」に耐え、嫁は息子の、男としての力をないがしろにしてきたのだとわかってから――、次のようにも考えた。つまり嫁が、女性を愛する男に幾晩も最悪のことを言ってきたことを思うと、リュドヴィックはアンリのように女性そのものが好きなのかどうかわからない、と。リュドヴィックは女性とのことを、やさしさや保護や気づかいといっしょにしているのだ。

ゆうべは、あのプラタナスの木が運よく自分を隠してくれたが、おそらく最悪の場面に居合わせてしまったのだろう。むこうに二つの顔が見え、あのあばずれの、身の毛もよだつような言葉が聞こえてきたとき、顔の一つは、やりなおせるとはもう信じられなくなって、恥辱と不安で憔悴《しょうすい》していた。あばずれのほうは、小さくきれいな顔を息子の前で振りかざし、凶暴で、何でもやりかねない殺意さえ浮かべた若妻の顔になっていた。

アンリは、こんなことにも納得した――若い男たちが、ああいったタイプの女と子どもをつくって家族としての生活を築いていこうとするとき、どのように気持ちをくじかれ、尻ごみすることになるのか。

アンリ自身は、たしかに何も怖くない。ああいったタイプの生きものでさえ怖くはなく、むしろ、気に入りさえするかもしれない。自分のうちに、生来の獰猛さや生存本能、快楽への、権力への本能があり、それが破壊欲より強力であることも知らないわけではない。だがそこで、幸福だった、そして幸福でいられるはずだった運命の――それほどリュドヴィックは、幸福への素質といったものをもっている――終わりに向かうリハーサルを、目撃してしまったのだ。

いま、リュドヴィックは雷に打たれたようになっており、アンリにはまるで天使か幽霊のようにしか見えない。あいつはどうしても自信を取りもどさなくてはならないのだ。取りもどして、あのゴルゴーン[*10]のような女を倒さなくては。やさしい顔をして完ぺきな身なりのあのゴルゴーン、姿かたちは上品だが、心のうちは下品なあの妻、冷酷なあの女を。

かつてアンリ・クレソンには、バルザックの全作品を読破した時期があった。二十歳のころだっただろうか？　そして人生で最も不安定で波乱に富んでいたそのころ、いかにも小説的なこの作品に照らして物事を考えてみたりもした。だが彼の目には、登場人物は感傷的だったり意気地がなかったりするように映ることも多く、世界は犠牲者や不作法者、野心的な小者《こもの》や金持ちの大ばか者から成る見捨てられた場所、内部破綻した場所のように

*10――ギリシャ神話の女の怪物。髪のかわりに蛇が群がり、翼で飛び、その目を見た者は石にされる。

しか感じられなかった――。ああ、やめてくれ、違う！　息子リュドヴィックは、あのように子どもじみたひねくれ者や野心家などではない。

それに加えて、ふつうの男というものは、金持ちになるのに女たちを利用したりはしない。哀れなあのフィリップにがまんしているのは、姻戚関係によって家族になった義弟だからであり、金がないというのは、帯状疱疹《ほうしん》やポリオといった恐ろしい病気にも似ているようで、気の毒だからだ。

アンリは社長室で物思いに沈むうちに、鉛筆を三、四本へし折り、紙を数枚破くと投げ矢を作り、「今日はとにかく私を不愉快にさせるな」と書いて、窓から秘書たちがいる下の階へ飛ばした。投げ矢はそのまま、従業員全員への警告のように、一階の窓の前をひらひらと舞った。

*

マダム・アメルことシルヴィア・アメルは、ここトゥールで六十八年前に生まれた。そして若き日に十年間、あちこちを旅して見聞を広め、財を成して――ともあれ、いくつもの恋の痛手を癒す方法と資金を得て、帰ってきた。故郷というのは自分の名が知られていた街であり、富を得たことや、かなり立派とも言える仕事をしたこと、いなくなっていたあいだにさまざまな成功を手にしたことについて、噂を広めやすいところだ。

けっして人に忘れられるな、信用を失うな――それが、マダムの学んだことの一つだった。誰であれ、いなくなれば簡単に信用がなくなる。地方ではなおさら。地元の人間にとって、そこに住まない者は、そこでどのようにしても暮せない、またはもう暮したくないという意思表示をしたのと同じで、それは人としての衰えのきざしととらえられるからだ。

この十年、つまり故郷に戻って以来、マダム・アメルは丸顔に白髪、やや太めでまったくあかぬけないが金持ちらしい雰囲気を漂わせ、夫に暴力をふるわれたり生活が行きづまったりした不幸な女性たちを特別に保護するシェルターを開き、快適な都市で、驚くほど多様な役割を果たしていた。上流社会の――地方の、もちろん――豊満で欲望をそそる淑女たちもたくさん抱えており、淑女たちは、天然痘かコレラにでもかかったときのように施しを受け、マダムの指示であちこちへ、たびたびの訪問をおこなっている。

つまりマダム・アメルは、そうかけ離れてはいない二つの役割をかけ持ちしているのだ。

男たちの肉体の面倒を見ることと、女たちの精神の面倒を見ること。おかげでほぼ自然な成りゆきで、街を牛耳《ぎゅうじ》ることになり、それこそがマダムにとって唯一重要なことだった。リヨン、マイアミ、デトロイト、そして最後に、広い世界をめぐった旅路の仕上げとして、オルレアン[*11]に住んだマダムにとって。

　また、この十年、結婚や何らかの関係を男たちと結んだことがあったのかどうかは誰も知らないが、さる有力な筋との揺るぎない親交を保ちつづけているため、マダムの邪魔をしに来ようものなら、それはとんでもないどじを踏んだことになるというのは、誰もが知っている。

　サン＝ジュリアン教会では、聖歌隊と財務と司祭の面倒を見ているのだが、この司祭というのが精神的にまったく不安定な、気の毒な人で、でもなぜなのかは誰も知らず、マダムも理由を明かそうとはしない。

　加えてあらゆる慈善団体で――マダム自身が関わっているやや非合法な組織も含めて、マダムの影響力が及ばぬところはない。そして不測の事態やトラブルには、いつだって鉄壁の守りと平常心と思いやりあるほほえみで――金持ちへのほほえみだが、とどめを刺すか買収するかのときには、貧しい者たちにもほほえみかける――向きあってきたのである。

アンリ・クレソンは、長いあいだ、マダムが派遣するコールガールたちのお得意さまだったのだが、美的な面からか、それともテクニックの面だったのか、しだいにたのむことが減っていった。それからサンドラ・ルバイユと結婚したため、少々目立ちすぎるこうした関係は終わりとなって、アンリの情熱は、首都パリや、途中にあるホテルにそそがれることになったわけだ。そこで、きれいな街娼のおねえさんたちを見つけるのである。少なくとも彼女たちには、アンリも紳士的に礼儀正しく接して、力を発揮する。自分自身のために。

＊

リュドヴィックを迎えに、ラ・クレソナードに戻ると、家族はテラスでゆっくりデザートを楽しんでいた。アンリ・クレソンは、不意をつかれた。この昼食の光景に、庭園の美しい木々に、ホットチョコレートのなんとも美味しそうな匂いに。

＊11――古くから文化の中心で、十四世紀から十五世紀にかけての百年戦争でイギリス軍に包囲された際には、ジャンヌ・ダルクが活躍したことで知られる。

車に乗ったまま、彼は家族を一人一人見つめた。サンドラ……肉づきよく滑稽。フィリップ……居候《いそうろう》の義弟で大たわけ。マリー＝ロール……冷酷でセックスレスで、明るいところのないあばずれ。

最後に見つめ、こちらへ来るようにと合図を送った者は、恥ずべき点がはるかに少ない。もしかしたらちょっと風変わりでつかみどころがなく、妻に対してあまりにおどおどしていて純粋で、それは確かなのだが……アンリ自身、純粋さというものが好きだけれど、一方でそれは喜劇《コメディ》か精神的な欠損のようにも思えて……。

「ちょっと、二人してどこへ行くの？」サンドラが、叫んだ。


呼びとめられた二人は、しゃがれていらだった声にドキリとした。リュドヴィックは車のドアをすばやく閉めた。アンリは何やら一人でつぶやきながら、逃げるようにアクセルを踏み、細い県道に出るまで踏みこみつづけた。

今や県道にほぼ並行して、広くて新しい幹線道路が開通し、どこへでもつながっている。数えきれないほど設置された環状交差点《ラウンドアバウト》のおかげだが、あれはやはり無駄だ。アンリは内心、古きよき県道のほうが好きなので、十キロ遠まわりしてでも、環状交差点や赤信号やバイパスを、要するに最近できたものをすべて避けていく。

リュドヴィック・クレソンは、乗客の目で眺めていたので、この県道が牧歌的とはいえ、どれほどすたれているかに気がついた。車はほとんど走っていないし、距離を表わす里程標も雨に打たれて文字が色あせ、上部の赤い帽子のような部分など、もう限界といった風情だ。剪定《せんてい》もされずに放置されている木々は、緑の葉に黄ばんだものも混じって憂いを誘い、そこはかとない危険さえ感じさせる。ブリキの広告看板も傾いて、もはや一本のアームでしか支えられておらず、首をかしげて見ると「エスカルゴ専門店　三百メートル先」とか「お食事とお飲みもの　ここ」とか「笑う仲間が集う店」などと読める。しんと静かなこの田舎で、笑い声などまるで聞こえはしないのに。

実際には、ここは新参者《しんざんもの》のライバルに敗れてすたれた道なのだ。何キロか離れたライバルの道のほうで、ときおりエンジン音がとどろくのを聞きわけることができる。進歩とスピードと匿名性を信奉する子どもたちには、教えられない道でもある。彼らのなかに「笑う仲間が集う店」を思い出す者はいない。アンリ・クレソンもそうだが、そこに足を踏み入れたことなど一度もないのだから。

リュドヴィックは、ずっと黙っていた。父親はいっそう強くアクセルを踏んだが、カーブを過ぎると憲兵――昔のお巡り《パンドール》――が三、四人見えたので、踏みこむ足をゆるめた。憲兵たちはタバコを吸いながら、車を見送った。

「どこに行くの？」ようやくリュドヴィックが訊いた。どこであろうと受けいれるような、おだやかでやさしい声だ。

〈エクアドルの村に三か月間、グリーンピースの種をまきに行くんだと言っても、『うん、わかった』と答えるだろうな〉アンリは思った。そして自分の息子の性的不能にも似た状態を気に病む父親など、まずいないだろうと思うと、気に病んでいること自体が腹立たしくなってきた。

「マダム・アメルは覚えてるな？」訊きながらも、断言するような調子だ。

「もちろん」リュドヴィックは勢いこんで言い、それから顔をくもらせたので、父親はこれからの計画にむけて気持ちを奮いたたせた。

「レストランでマダムに偶然会ったら、『うちで極上のブランデーをいかが？』って誘われてな。新しく飼いはじめた家畜も見せてくれるっていうんだ。おもしろそうじゃないか。だから『そいつはいい、リュドヴィックはずっとラ・クレソナードに閉じこもって、することもないし、車も運転しないから、きっと気晴らしになるだろう……』と思ったのさ……。もちろん、これは夫婦生活には何の関係もない。その点、いいな？」

ここでアンリ・クレソンは、一人で大笑いをしはじめた。なれなれしく共犯めいて、いやらしくあろうとするような大笑い、だがほんとうは、まったく似つかわしくない大笑いを。

マダム・アメルは、魅惑的な二人の女性とともにいた。二人とも夜用のメイクをして、この出会いをうれしく思っているようだ。

それからその場の人々は、順番に姿を消していった。まず父親と女性の一人が、それからマダム・アメルが。リュドヴィックはもう一人と、小さな部屋で二人きりになった。なんとなく歯科医の待合室を思わせるうす暗さで、不安をかきたてられる気分だ。その暗さのなか、美女はクレソン家の跡取りにぴったり体を重ねた。跡取りは木の葉のように震えたが、絶えて久しい感覚が身のうちによみがえるのを感じて、そこからは愛の指南役というより軽騎兵のようにふるまった。

やがてアルマは——美女はアルマという名だった——彼に、明日も来られないか、それも「もっとくつろげる」自分の家に来ないかと誘った。

「うん、いいね！」とリュドヴィックは大喜びで答えた。

〈チャーミング〉と彼女は思った。


アンリ・クレソンは、自分の心くばりに満足しながら、宿の下で息子を待っていた。そして彼が出てくると、袖をつかんで、よくやったというように肩を軽く叩いた。リュドヴィックがもう三十五歳だということも忘れて。

「いいか、誰にも言うな」とアンリ。「あの意地悪女が、後ろから見張ってたら……」

「マリー＝ロールは、ぼくが浮気するなんて考えもしないと思う」物思わしげに、だが明るく、リュドヴィックは言った。

「それがまちがっておるんだ。ともかく、キャロリーヌは――マダム・アメルのところの新入りの――、おまえがアルマのほうを気に入ったと言って、しょげておったぞ。言っとくがな、おまえはそもそも美男だ。で、あれ以来……あちこちにいたことで、前よりさらにいい男になっておる。おまえには……えー……何というか、味わいが出てきたんだな」

経験豊かで自信に満ちた若者どうしのように、二人は笑みを交わした。信頼のこもった、勝ち誇ったようでさえある笑み、これまで分かちあう機会もなく、分かちあおうと思うことさえなかった笑みを。

　帰り道、二人は街道沿いのカフェ「オー・カルフール」で車を停め、スコッチウイスキーＪ＆Ｂのボトルをとって、いっしょに飲んだ。その後リュドヴィックは、ラ・クレソナードの門の前で父親と別れ、少し知的な障碍《しょうがい》のある若者のように、跳びはねたり、両腕で木に抱きついたり、芝生の柵を障害物のように飛びこえたりしながら家に戻った。そしてそのまま部屋に飛びこむと、鏡に映った自分の姿に秘密めいたほほえみを送った。あえて言うなら、淫《みだ》らと呼んでいいようなほほえみだった。

4

パリ発の列車が、予定どおり十六時十分にトゥール駅へ到着した。ホームでは二十分ほど前から、ネクタイを締めて改まった様子の男が二人、辛抱《しんぼう》強く待っており、若いほうが空《から》の手荷物カートを押している。アンリ・クレソンは、ほとんど病的とも言えるほど待つことが嫌いだったので、ホームをもう十回も大股で行ったり来たりし、目じるし《チェックポイント》がわりの息子の前を右に左にと通り過ぎている。

なんとかここにとどまっているのは、漠然と世間体を気にしてのことにすぎない。ファニーならこの役まわりをわかってくれるだろうとは思うものの、ここまで出てきたことに、まだなんとなく自信が持てないでいるのだ。これまで二人が会ったのは、子どもたちの結婚式のときと、リュドヴィックの入院先での二回だけ。それも鬱々《うつうつ》としたものだった。カンタン・クローリーが亡くなって四か月が過ぎていたが、ファニーはすっかり面変《おもが》わりして、表情もうつろ、まなざしには悲しみの影しかなかった。結婚式はパリで、じつに控えめにおこなわれたが、アンリ・クレソンにとってはいつまでも終わらずうんざりさせられる悪夢のようで、リュドヴィックが幸せそうにしていたことだけが、陰鬱だったそのひときをわずかなりとも輝かせ、正当化したのだった。

列車がホームに入ってきて止まると、アンリは目の前を過ぎていった一等車のほうへ首をめぐらした。するとそこに、エレガンスそのもののような女性が一人いて、彼のほうは見もせずに、荷物を運んでいる男にほほえみかけながら、乗降口の段を下りてきた。男はせっせと荷物を運びながら、ほとんど礼を言っている。一等車は二両あり、ファニーが乗ってきたのは前のほうだ。

クレソンとドライフルーツと愚行の帝王は、このすらりと長身のシルエットにむかって小走りを始めた。シルエットはグレタ・ガルボ風の大きな帽子を少し直し、よくは知らないポーター役の男と長いこと握手をしている。男は気の毒なことに、じつは乗客で、ファニーの足元にたぶん十個めになる荷物を置いたところなのだった。それから男は、発車しようとしている列車に飛び乗った。ファニーは彼の背中に手を振り、列車が見えなくなると、ようやく帽子をまっすぐに直し、サングラスをはずして、ホームを見わたした。切れ長で栗色の、輝くような瞳、そしてその下には、愛想よくまぶしいような笑みを浮かべた美しい口。

〈幸福そのもののような顔だ〉

思わず足を速めながら、アンリ・クレソンは思った。

ファニーは、高級婦人服デザイナー「ケンプト」の優秀なアシスタントの一人として名高かったが、その魅力と熱意とやさしさでも、広く知られていた。暮しぶりにおいても、じつにセンスがよかった。夫が亡くなるまでは。もっとも、今でも表向きはそのように、センスよく暮しているように、見せている。夫を忘れることだけに日々を費やしたりはしていないように。たとえ、ほんとうは少し違うとしても。

アンリは彼女の前に着くと、感激しながら、敬意さえこめて——彼にはめったに見られない感情だ——その手をとった。そして頭を下げながら言った。

「アンリ・クレソンです」

「ファニー・クローリーです。ああ、わからなくて。失礼しました」

「私もです」アンリは力をこめて言ってから、ごく自然に言い足した。「前もお美しかったが、あのときは悲しみに沈んでおられたから……」

人の気持ちなら何でもわかるというように、アンリがうなずいてみせたので、ファニー・クローリーの茶目っけある栗色の瞳は、いっそう明るくやさしい光を帯びた。そして一瞬、頬に手をやると、二人の前にはふたたび、婚礼の午餐会《ごさんかい》が開かれたあのホテルの幸《さい》先《さき》がよくなさそうなロビーや、それに先立って婚姻手続きをした市役所の気が滅入《めい》るような部屋を歩いていく様子が現れた。それから二人は、同じしぐさで、過去の情景から立ち戻った。

「あのときは、結婚した子たちがいっしょじゃありませんでした？　あの子たち、どこに行っちゃったのかしら？」笑いながらファニーが訊く。

それでアンリ・クレソンは思い出した。ホームで、このまだよくは知らぬ女性《ひと》、よくは知らぬ美しい女性を追ってきて、あとに忘れてきたものを。

「リュドヴィック！」アンリは叫んだ。

そして振りかえると、間抜けな息子は手荷物カートにしがみついたまま、進むことも引きかえすこともできずに立ち往生している。情けなくも、動かなくなったカートの前で体を弓のようにこわばらせ、小声で、だがはっきりと悪態をついている。

「あの阿《あ》呆《ほう》！　おれが動かしてやる、待ってろ」

アンリ・クレソンが決然と歩いていき、肩をすくめるのを、ファニーは見ていた。それから、ファニーからは見えない小さなレバーを下げてカートを引こうとしたところ、予想外の力がかかってカートが突然前へ跳び出し、はずんで、線路の上に落下していくのを。リュドヴィックは宙で父をつかまえ、父は息子にしがみつき、二人は激しくもばかばかしいダンスでもしている恰好になったが、それでも難を逃れてなんとか着地した。息を切らし、何が起きたかよくわからないまま。そこへ魔法のように笑い声が降ってきて、二人はようやく我にかえった。

「ああ！」ファニー・クローリーの声だ。「ああ、怖かった！　リュドヴィックね、あなた？　信じられない、昔は学生じゃなくて遊び人みたいだったのに。痩《や》せたのかしら？」

「十キロは痩せました、ええ」頭を振って、アンリが割りこんだ。

「十キロ太ったのよりは、よかったわね」とファニー。「精神安定剤って、どんな人でも太らせて、老《ふ》けさせるけど。あなたは逆だったのね……。荷物を載せたいから、よかったらあの変てこなカートを一台、また取ってきてくださらない？」

リュドヴィックは、先ほどのへまでこちらをにらんでいる父の前で両手を上げながら、ホームの反対側へ駆けていった。

「心配なさらないでくださいね」ファニーがアンリに言う。「いつも、泊めてくださる方々がぎょっとなさるほど大荷物なんですけど、開けるのはたいていスーツケース一つだけですから」

リュドヴィックはなかなか戻ってこなくて、アンリはいらいらしはじめた。

「どこ行ったんだ、あいつ？　さぞお疲れでしょうに……。あのばかめ！」

「いえ、わたしがこちらへうかがったのは、息子さんはばかなんかじゃないって、トゥーレーヌじゅうに思い出させるためですもの」

そのときリュドヴィックが、勝ち誇ったように二人の視界へ戻ってきた。現れるべき方向とは反対側だったが、得意満面な様子でカートを押している。そして二人の前まで来て止まると、スーツケースや大型トランクや帽子の箱を積みはじめた。

「なんて荷物だ！」リュドヴィックは大声で言った。

無作法な言い方に、アンリ・クレソンが身震いしたのとほぼ同時に、リュドヴィックはつけ加えた。

「うれしいことだな！　うちに、思ってたより長くいらっしゃるってことですよね」

そしてクレソンの息子は、思ってもみなかったような若々しい顔で——孤独な瞳、口角の上がった口、情に厚いことがわかるふっくらした下唇——振りむいたので、ファニー・クローリーは、心のなかでこうつぶやいた。

〈これまでわたしが知ってた婿《むこ》とは、ずいぶん違うし、ずっと感じがいい〉

父親のカブリオレに彼がいくつか荷物を積みこんでくれるのを——残りは配送することにした——眺めてから、彼女はさらにもう一度、帽子をまっすぐに直した。そしてアンリ・クレソンが助手席側のドアを開けると、あきらかに脚を見せながら、すわった……ので、アンリは年季の入ったプレイボーイ心をそそられて、ちらりと目をやらずにいられなかった。

＊

リュドヴィックは後ろの席にまわり、シートの端のほうに斜めにすわった。少々硬いスーツケース二個と、薄葉紙《うすようし》があふれ出ている帽子の箱にかこまれて。

「あなたが運転するんじゃないの？　リュドヴィック」

あまりに突然の質問に、車がエンストした。

アンリ・クレソンはエンジンをかけなおすと、二百メートルほど走ってからようやく答えた。

「いや、リュドヴィックはあの事故以来、もう運転せんのです」

「あら、でもあのとき運転してたのは、彼じゃないでしょう」

ファニーはまじめな面持ちだ。

「それを思い出してくださったのは、あなただけだ」押し殺したような声で、リュドヴィックが言った。

そして前席二つのあいだに頭を寄せると、義母の肩と袖のあたりに頬をうずめた。それを見て、アンリ・クレソンでさえ、一瞬ほろりとした顔になった。

　だがあとの二人は、アンリには前を見ていてほしかった。いつもながら彼は、車道を自分の専用道路としか考えていないようで、ほかの車が来るたびに驚き、周囲の状況も、あとからバックミラーで見るといったありさまだ。はじめはおもしろがっていたらしいファニーも、やがて心配そうな目でリュドヴィックを見たが、リュドヴィックはうつむいて視線を合わせようとせず、もうこらえきれないというところではじめて顔を上げて、ファニーに笑顔を向けた。教室で今にも大笑いしそうな子どもたちが見せるような、無邪気な笑顔だった。

「ああ、ねえアンリ、どうしてそんなにスピードをお出しになるの？」ファニーが訊いた。

「このあたりの景色、すばらしくきれいだわ。びっくりするほど」

「うむ……」家長はさらにアクセルを踏む。「うむ……家にはもっとびっくりなさるかもしれん」

「あら、じゃあ、ここはもうあきらめましょう」ファニーは目を閉じた。

　そして頭を後ろにのけぞらせた。

リュドヴィックは窮屈な席から、彼女の首の曲線を、エレガントでおだやかで寛容そうな美しい横顔を、しみじみと見つめた。たとえば旅行中、列車を乗りかえるときにふとすれ違っただけなのに、生涯なつかしい思い出《ノスタルジー》のように、くり返しよみがえってくる美しい横顔の一つのように。

「あと、たった三キロだ」悲しげな声で、彼は言った。「あなたのこと、もっと知りたかった」

「あなたのこと、もっと前から知っていたかったわ、お婿さん」笑いながらファニーは答えた。「これまで会ったのは、三回だけね。マリー＝ロールが紹介してくれたとき、結婚式のとき、それから事故のあと、治療のために入ってたあのひどいところの一つで」

「よく覚えとります」急に、アンリ・クレソンが割って入った。「その後すぐに、あなたは泣きだした。そんなことは、それまでの三か月であなた一人だったから、私は感動しました」

　車内は、しんとした。

「覚えてます……」ファニーがつぶやいた。まだ目を閉じて、おだやかな横顔のまま。

「覚えてます、彼は……いいえ、あなたは……ごめんなさい、リュドヴィック……あなたはざっくりした麻の白いパジャマを着せられて、ガーデンチェアで、両手両足を固定されて眠っていたけれど、誰よりもやさしいお顔をしてた。それで泣いてしまったんです。でも、あなたを想って泣いたわけじゃなかったの。きっと退院できるだろう、すぐできるだろうって思ってたから。それより、泣かない人たちのことを想って、泣いてしまった」

「いや、だが、男というものは、泣かんのですよ」

まるで子どもが言いわけでもするように、アンリが弁解した。

*

それからラ・クレソナードまで、長い、とても長い沈黙があった。

アンリが優雅にカーブを切って車を止めると、ファニーは外へ出た。その姿は、すでに明るい落ち着きを取りもどしていた。

5

車を降りたファニーの前には、つかのまとはいえ、悪夢かと思うような光景が広がった。中世風の小さな塔がいくつも——夫に先立たれた義姉の一人が建てたもの——、その反対側には、昔の城壁によくあるような石落とし《マシクーリ》がいくつも。

玄関前の石段にいた執事のマルタンが、早速お客のために車のドアを開けており、つづいてトランクに積みこまれた荷物の山を運び出しはじめた（帽子の箱やスーツケースに包囲されているリュドヴィックのことは、自分で切りぬけるよう、放置したまま）。

アンリ・クレソンは、運転席から降りると車の前をまわってファニーの腕をとり、家のなかへ案内したが、そこへ階段を上から五段駆けおりて、フィリップが意気揚々と現れた。櫛《くし》で髪をなでつけ、ネクタイを締め、丹念にアイロンをかけたジャケットの胸ポケットからは、皺《しわ》一つないポケットチーフが少々出すぎている。そして彼は、ラ・クレソナードに家族の男が二人も、マルタンを入れると三人も、同時にいるのに目をみはった。おまけに、ほぼ屋外に出ることのないマルタンは、どこか理不尽に感じられるほど、手の施しようがなさそうに見えるほど、青白い。フィリップ・ルバイユは突然、それまで気づくことのなかった彼の蒼白《そうはく》さ、血の気のなさにびっくりし、まるで留置場に入ってた人間みたいだ、と思った。そういう人間を知っているならだが。

「ファニー、マダム」声をかけながら下りてきたフィリップは、階段の上から十段めで止まったので、アンリ・クレソン、リュドヴィック、マルタンから成る上りの隊列も同時に止まった。後者二人は、抱えた荷物に押しつぶされそうになりながら。

「ファニー、――そう呼ばせていただいてよろしいですか？　これまでにもう二度、お目にかかりましたね。一度めはお嬢さんの結婚式、二度めはリュドヴィックの病院で」

「まったく、よりによって」アンリが不機嫌につぶやいた。「この十年で、いちばん陰陰《いんいん》滅滅《めつめつ》とした二回の思い出か」そして今度は彼が踊り場で立ちどまったので、後ろに続いていたインドの隊商のごとき隊列は、つんのめってよろめいた。ファニーもいっしょに階段を上っていたが、そのまま踊り場まで、優美に、でも必死に跳び上がった。一方リュドヴィックとマルタンは、ファニーの貴重な荷物を宙に放りだして、手すりにしがみついた。

「わたしの衣類なら大丈夫」ファニーがアンリに言う。「バイエルンのルートヴィヒ二世のお城[*1]なら、こちらのお城より高いかしら？　階段が二百七十段以上あります？」

アンリはうなずかなかったが、紳士的なしぐさで右側の廊下を指し示した。

「お嬢さんはあちらにいます。リュドヴィックがご案内しますんで」

「先に奥さまにご挨拶するべきじゃないかと」

「姉は今、休んでまして。それにお嬢さんにお会いになりたいでしょう」フィリップが口をはさんだ。「ちょっと距離がありますが……いえ、その、お嬢さんとリュドヴィックの部屋のことです、もちろん」

「べつに平気だよ」リュドヴィックは巧みに話題をそらした。「大切なのは、ファニーがゆっくりくつろげることだ」

そして笑うと、マリー＝ロールの部屋に向かう新しい隊列についていった。アンリ・クレソンは、右側と同様、はてしのない左側の廊下を進んでいった。

リュドヴィックは今や、幽霊の案内人のように先頭を歩いていたが、廊下の最後の曲がり角へさしかかる前に、立ちどまった。

＊

ファニーがこの家を、娘を、訪ねる旅をしようと決めたのは、娘夫婦がどうなっているかを知って、婿のいいところをすべて娘に伝えようと考えたからである。ばかげた使命《ミッション》かもしれず、ふつうは母親でもまずしないことだろう。だがアンリの、有無を言わせぬ過剰な何か——ファニーはそれを見抜いていた——と、リュドヴィックに、動揺させられながらも感じとった何かには、ファニーを行動に駆りたてた何かと似たものがあった。

おかげで彼女はこの使命を、予想外の義務も加わったものとして、感じはじめずにはいられなかった。結局のところ、この二人、アンリとリュドヴィックは、もう誰にも気に入られようとしていないのだ。人はたいてい、気に入られようとしてばかりいるのに。

＊1——ドイツのノイシュヴァンシュタイン城を指しているのだろう。

二人のようなブルジョワ気質というものには、どこか行きすぎたところ、滑稽なところがある。時や時代や道徳《モラル》から、非常に外《はず》れた何かがあって、ファニーはそこに漠然とした不安を覚えはじめていた。問題は、自分の娘と結婚したブルジョワの家族にあり、家族はその婿を今の状態に、つまり不幸に導いておきながら、一家の名誉を回復しようとしているのだから。

　過去をふり返ってみても、ファニーにとって、娘と結婚したこの青年ほど、不幸そのものによく似た者はいない。この家と彼のあいだには、あきらかに、軋轢《あつれき》と沈黙しかないのだ。事態はもしかしたら、内面の醜悪な人物たちがぶつかりあうモーリアックの小説[*2]などより、いっそう深刻なのかもしれない。なぜならここには、醜悪な人物が一人しかおらず、それがたぶん、自分の娘なのだから——。ファニーはそれ以上、考えまいとした。

　まるでル・マン二十四時間耐久レースみたいな距離と曲がり角《カーブ》の数——ファニーにはそう思えた——を経て、隊列は大きな扉の前にたどり着いた。扉は最近、新婚の夫婦に合わせた色あいに塗りかえられたものだ。クレソン家ではこれからも、子どもたち、孫たちが結婚するたびに、扉が塗りかえられていくのだろう。

それはともかく、その扉を、誰もノックしようとしなかった。そこで、途中で加わって、一行の様子にいらだったアンリが、片手をあげると拳《こぶし》で扉を叩いた。

「マリー＝ロール！」本人は明るく呼びかけたつもりだったが、実際には脅迫めいた声だった。「マリー＝ロール、おかあさんがいらしたぞ！」

返ってきたのは、むなしい沈黙。アンリの細い血管がふくらんで、顎でもこめかみでも脈打ちはじめたのが、隣りにいたファニーにはわかった。アンリはもう一度扉を叩き、今度はやさしさなど微塵《みじん》もない声で怒鳴った。

「マリー＝ロール！　くそっ！　死んだのか？　おかあさんがいらしたって言っとるんだ！」

ドアノブもまわしてみたが、開かない。鍵がかかっている。本物の沈黙が広がった――ひょっとして、ナイフで何かしでかした？――一瞬、全員が凍りついた。それからアンリが、怒りに引きつった顔を息子に向けた。

「おい、おまえの嫁さんは立てこもっとるのか？　夜、部屋に入るにはどうするんだ？

＊2――『テレーズ・デスケルウ』を想起させられる。

ドアの前で泣きつくつもりか？」

　リュドヴィックは青ざめて、奇妙に黙りこくっていたが、怒っていないのはあきらかだ。

　そこへファニーが進み出て、扉のむこうに呼びかけた。

「マリー＝ロール……わたしよ、ママよ……。寝てるのね、きっと。これから三十分、お部屋で待ってるわ。そのあいだにシャワーも浴びられるし。またすぐあとでね」

　そして、閉じられたままの扉にむかって愛情をこめたしぐさをしたが、そんなものは無意味だ。呼びかけたのと同様に。

　それでもファニーは毅然とまわれ右をすると、まだ真っ赤になっているアンリ・クレソンの腕をとり、それからまだ蒼白なリュドヴィックの腕もとって、引きかえしていった。

「理解できん……」アンリは怒りに満ちた高圧的な視線を、リュドヴィックに向けた。

　その後ろではフィリップが、雲行きのあやしさから、まるで胸のチーフを避難させるみたいにポケット深くに押しこんで、背中をまるめて歩いていた。期せずして、アメリカのあのコメディアン、グルーチョ・マルクスの独特な歩き方[*3]になっている。

「こちらがお部屋です、ファニー。特別な客人用の部屋です。もしお気に召さなければ、あと三部屋から選んでいただけます。今日からあなたが、この家でいちばんかしずかれる方ですからな、お忘れなく」

「かしずかれる感覚《センス》なんて、全然持ちあわせてませんもの」ファニーは微笑した。「だいいち、素敵なお部屋だわ」

＊

部屋には少々色あせた壁紙が張られており、模様はバラとライラックなのだが、今やどちらの色も混ざりあってしまっている。大きな窓がいくつもテラスに面していて、プラタナスの枝が一本、窓ガラスにやさしく触れている。思わず窓を開けると、葉が一枚、ファニーの頬をそっとなでた。彼女を歓迎するように。

テラスに、葉に、はじめて味わう外の静けさに、ファニーはほほえんだ。だがその喜びを、ふり向いて影と分かちあうことはしなかった。彼女の背後につねにいる、あの影と。

＊3——上半身を前に大きく倒すオーバーな歩き方。

あの影――つまり、喪《も》の悲しみには、じつに多くの段階がある。

はじめは、耐えがたさに日々の陳腐さが入り混じって、茫然とするほかはない。それからしばらくすると、我にかえって、今度は「慎《つつし》み」と呼ばれるまったくの無関心におちいる。最も親しい者たちに対しても、最も遠い関係の者たちに対するようになる。そして人を道に迷わせたり、うんざりさせたりするようなことにも、すべて屈服してしまう。だがそれで、少しずつ、新たな暮しに巻きこまれていく。喪の悲しみの一部ではない暮しに。彼のいない、または彼女のいない、あなた方二人がもういない一瞬一瞬が、日々が、流れ、変化して、今という時間につながる。

あなたの命を持ちこたえさせるものは、誰か別の存在、何か別の物語、別の幸福の確かさにあるのではなくて、たぶん、ただ「生きていようとする強烈な欲求」[*4]にあるのだ。詩人ポール・エリュアールが語ったとおり。その欲求は、母の脚のあいだから、あなたとともに生まれ出て、あなたの存在のなかで息づきつづけているのである。

耐えなくてはならないのは、あなた自身の喪の悲しみだ。だから思い出など忘れて、幸せだった日々の思い出さえ忘れて、意に介さないことだ。闇に包まれても、つねに意に介

国立競技場
Construction

着工から完成まで、共同通信社が定点撮影した16万枚の瞬間。未来に伝えたい貴重な写真集!

一般社団法人 共同通信社

好評発売中!

1000日で完成させる!新スタジアム建設のドラマ。

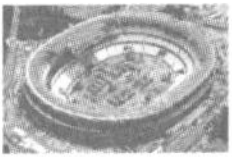

序文／ 建築家 **隈 研吾**

「競技場というものは、人がいようといまいと、
寂しくなく、暖かく、やさしい場所でなければいけない。
人類にどんなことが降りかかろうと…」(抜粋)

[仕様] B5判・横長／上製本／96頁／オールカラー

●3135円(税込) ISBN 978-4-309-25670-2

河出書房新社 〒151-0051 東京都渋谷区千駄ヶ谷2-32-2
tel:03-3404-1201 http://www.kawade.co.jp/

出版のご案内

2021年11月

二千億の果実

宮内勝典

各紙誌で大絶賛の『永遠の道は曲りくねる』から四年。人類誕生から現在、そして未来の「生命」を照射する「宮内文学」飛躍の作品集。

▼二四七五円

時守たちのラストダンス

東堂いづみ原作　三萩せんや

高校一年の伊純は、かけがえのない仲間と踊るダンスで、世界の破滅を救えるか？　アニメPVとともに送る感動の青春ファンタジー！

▼一四五二円

七夕の夜におかえり

三萩せんや

急死した聡士は生前なんの研究をしていたのか？　遺されたスマホをきっかけに、彼の死と伊織への想いに迫る感動の青春ファンタジー。

▼一四五二円

弟切抄　―鎌倉幕府草創記―

森山光太郎

鎌倉殿・源頼朝の実弟であり、義経の実兄・範頼の波乱の人生を描く。幕府草創期に安定を求めれば、そこにあるのは内なる敵であった……。

▼一八九二円

あなたに安全な人

かつて人を死なせてしまった女と男が出会ったのは、「感染者第一号」となることを誰もが恐る世――。新時代のラブ、さずにいれば、たとえ夜はシーツのなかでうめく動物に、苦しむだけの機械《ロボット》になりはてたとしても、昼は、涙をこらえ、心のうちを見せない顔を繕《つくろ》えるようになる。そして、耐え、闘っているうちに、愁《うれ》いが外面を、わからないように整えていく。

　ときには、悲しみに操られる人形のように泣き虫になったとしても、やがてあなたは、漠然とした敬意をよせられるようになる。あなたは尊敬すべき人になり、ほかの誰かに、魅力的にさえ映るようになる。その誰かが、あなたに、あなたの胸の痛みに、あなたの拒絶に、じゅうぶん関心をよせ、あなたの拒絶にも傷つきすぎるわけではないなら、そしてその誰かが、打ちのめされた心はなお、ときめく心にもなりうると知っているなら、すべてがふたたび開かれるのだ。秋の美しい午後、テラスに向かって開かれる窓のように。

　そのとき、あなたの頰に触れる最初の一葉《ひとは》は、もはや過去からの平手打ちではなく、想像もつかなかった幸福――不意に、否定することも、理解することもできないまま現れた幸福となるだろう。たとえそれが、人々からどのような名で呼ばれようと。

＊4――原文〈le dur désir de durer〉。一九四六年に刊行されたポール・エリュアールの詩集のタイトルにもなっている。

シャツブラウスを四枚、セーターを二枚、そして完ぺきなカッティングの衣類を、古ぼけてはいるがとても感じのいい部屋の、備えつけの家具のなかに――浴室には昔の大きなバスタブもある――片づけながら、ファニーはこの静謐《せいひつ》なひとときを、心から味わった。歩くたびに軋《きし》む寄せ木張りの床の音だけが、あたりに広がっていく。

＊

十分ほどすると、マリー＝ロールがドアをノックし、部屋に入ってきて、クローゼットにハンガーを次々掛けているファニーの後ろに立った。おかげで母は娘の全身を、鏡のなかで見た。自分より五センチ背が低いのだが、娘のほうは、それが癪《しゃく》にさわってならない。マリー＝ロールは淡い藤色《モーヴ》の、ざっくりした生地の素敵なワンピースを着ており、孔雀石《マラカイト》のネックレスの深い緑が瞳の色をいっそう引きたたせている。足元は麦わらのサンダルで、若い女性というより十代の女の子のような雰囲気だ。

ファニーは一瞬、鏡に三人映っているような気がした。それはかねてから感じていることで、型にはまった、いわゆるステレオタイプな人間関係には、真実や人間味がないことの表われなのかもしれない。

ファニーはすばやく振りむくと、娘を見つめた。そこに、いつとは知れぬ子ども時代の姿をよみがえらせながら。

マリー＝ロールは二人の再会を——その場に入ることを、決定づけた三秒の後《のち》、後ろ手にドアを閉めて、母のほうへ五歩進んだ。ファニーはハンガーの列に手をあずけたまま、娘のこめかみの一方に軽くキスをして、身を離した。


「ママ、ごめんなさい、急にすごく眠くなっちゃって……。ほんとは玄関前の石段でお出迎えするつもりだったのに、ベッドに倒れこんじゃったの……そしたら、急に叩き起こされて。秘密警察《ゲシュタポ》が来たのかと思った！」

「おとうさまがちょっといらだってらしたけど、あなたの旦那さんは申し分なかったわよ」ファニーはきっぱり言った。「いったいいつから、ドアに鍵なんかかけるようになったの？　それにしてもあなた、すばらしくきれいね」

「だとしたら、奇跡だわ」ゆっくりとマリー＝ロールが応《こた》えた。「あたしがここに来て、どれぐらいになる？　で、リュドヴィックが、治ったからふつうに暮せるって言ってからは、どれぐらい？」

　母が驚いている前で、彼女は笑いだした。

「ほら、あちこち調べたり治療の見通しをたてたり、そんなことを二年もやったあげくに、ちゃんとした診断名もつかなかったんだから……」

　ファニーは大きなベッドに腰かけた。

「それで、あなたはどうしてるの？　彼を愛してるの？　愛してないの？　献身的に……なんて言わないこと。彼をおかしいと思うんなら、別れなさい。同じ部屋で過ごしてるんでしょ。ほんとはどうしたいの？」

「あたし、もう女じゃないのよ、ママ。寛大でいようとしても、限界ってものがある。それに、ママにだって言えないようなこともいろいろあるの」

〈ママにだから、でしょ〉ファニーはためらうことも、悲しむこともなく、そう思った。マリー＝ロールのことをあきらめ、母親としての思いもあきらめてから、それほどに長い時間がたっている。

　ファニーは立ちあがると、窓辺に向かった。そうすることで、ベッドや壁紙やドアといった、夫婦での暮しを象徴するものから離れたのだ。

母と娘はそれでも、たがいに対して感心するような気持ちをもっている。ファニーは、マリー＝ロールに心がないことに対して。生まれたときに去勢でもされたような、最初から異なっている人を眺めるような気がするのだ。マリー＝ロールのほうは、ファニーの心や感情や思いやりに対して。だがそんな長所など、政治学でも勉強するようにがんばれば、身につけて伸ばしていけるものだと彼女は考えている。そしていくつかの科目のように、世間の受けはよくても、就職や経歴《キャリア》には何の役にも立たない、とも。だいいち、そんなものを勉強する時間も、勉強したいという気持ちも、マリー＝ロールにはない。

「なんて素敵なテラスなのかしら」ファニーは無意識のうちにつぶやいて、窓にもたれかかった。

マリー＝ロールは、用心しながらその隣りへ行ったが、夕方の大気とともに、母の香りを吸いこんでしまった。好きではなかった子ども時代が、突如《とつじょ》立ちのぼる香り――。その香りは、自分のこれまでの人生へのファニーの無関心を際立たせて、マリー＝ロールを少々憂うつな気分にさせた。カンタン・クローリーでさえ――たぶん非常に男性的で、かつ臆病だったので――、いい香りをさせながらの拒絶と、思春期の女の子の残酷さを、うまく融和させられなかったのだろう。

〈この母親《ひと》はどこに行くんだろう？〉マリー＝ロールは考えた。〈ファッション界のマドンナみたいな仕事をして。将来性なし、使える関係もなし！〉

〈関係〉といっても、マリー＝ロールの場合、〈愛人関係〉や〈異性関係〉などはまったく頭にない。

〈この娘《こ》はどこに行くんだろう？　この歳《とし》で、こんなにも傷つかないままで〉かたわらで、ファニーも思った。そして成功することや、閑《ひま》な時間を華やかなものにすることばかり考えているこの若い女に、一瞬、自分も責任があるように感じた。

そこへ、二人を呼ぶ陽気な声が聞こえてきて、どちらの物思いも消えていった。リュドヴィックだった。テラスで、小学生のようにそわそわしている。

＊

その日、リュドヴィックには、例の彼女との約束がなかった。

「少し家のことでもしろ」と父親がぶつぶつ言ったからだ。

アンリはファニーについて、まだ結婚式の暗い印象を引きずっていたので、夫に先立たれて悲しげで老けて、〈愉《たの》しきパリ〉の雰囲気などほとんどない女がやって来るのではと、内心恐れていた。ところが蓋《ふた》を開けてみると、記憶も願望もリセットされた姿が現れて、今はそこにリュドヴィックが寄り添い、テラスや居間をあちこち案内しているのが見える。マリー＝ロールはといえば、二人の後ろから、足を引きずるようについていくだけだ。

ファニーが来てから、何もかもが変わった——アンリはそう思い、りっぱな並木道の木《こ》陰《かげ》に、にこやかにたたずむ彼女を想像する。そしてその両肩に手を置いているのは、自分の息子——。

おそらく一週間もしたら、マリー＝ロールなど影も形もなくなって、この妄想が現実になるかもしれない。そう考えると、アンリはひどくいらいらしてきた。

おれの息子とともにいるファニー・クローリー。おれの庭園で、おれの居間で——。それは妙に扇情的なイメージで、アンリは欲情をそそられ、嫉妬も加わって、イメージはさらに鮮明になった。現実味はまるでないとしても。

九月のパーティーという楽曲の総譜を書くのは、アンリ・クレソンだ。そして周囲の顔ぶれのなかで、なすすべもなくその渦《うず》に飲みこまれ、アンリの激しい情熱の引き金を引くのは、いわゆる反対推論《ア・コントラリオ》＊5による役を担《にな》っている人、つまりリュドヴィックというわけだ。

アンリ・クレソンは、きびしくて独占欲が強く、さまざまに容赦のない人間で、最初の妻を亡くした悲しみと喪失感を除けば、自分自身の感情に苦しんだことなど一度もなかった。それが突然、自覚することもなく、どうすることもできないまま、嫉妬に苛《さいな》まれるようになっている。

ファニーが来てから、何くれとなく世話をする役は、自然とリュドヴィックにまかされた。パーティーを開くのは、リュドヴィックの頭脳や精神がすっかり健康であるのを公表するためと、彼に無理のない気晴らしをさせるためだが、費用は莫大なものになりそうだ――プチフール、すばらしいメイン料理が何種類も、大皿と中皿のオードブルいろいろ、ピラミッド状に積んだシュークリーム、加えて並木道すべての清掃、庭園の整備――。臨時使用人が、いつものほぼ十倍必要になることも忘れてはならない（マルタンによれば「泥棒です、あいつらは。要領も悪いですし」とのこと）。

そうしたすべてが、ファニーがやって来た結果でもあり、代償でもあり、最終的には彼女の任務となるわけだ。だからリュドヴィックは、その舞台となる場を――いくつもの居間や広間を見せておく必要があった。ファニーはそこで、虫が好かないだろうと会う前から感じている裕福な人たちの一団を、迎え入れ、見なおさなければならないわけだから。

手ごわい任務だが、まったくの自然体で社交に無関心なリュドヴィックは、任務など超越していた。ファニーのほうは、そんな〈集まり〉に嫌悪感をつのらせ、そこにエレガンスのかけらもない場をつくりだすなど無理だと感じている。こんなことは全部、ここへ来たのと同様、ふつうならしないことだ。

〈何をしてるんだろう、わたしは？　愛していた夫はもうこの世になく、愛していない娘のところへ来て、見知らぬ人同然の――今回は前よりいい印象だったけれど、それでもちょっと変わった青年が復活したことを、証明しようとしているなんて〉

ファニーの人生にも、何にでも適応していた時期――人々が願い、望み、期待することすべてに適応して、ちゃんと筋も通っていた平穏な時期が、一度か二度はあった。ある感情に、いや、いくつもの感情に、素直に従っていた時期が。そしてそういう感情は、たと

＊5――ある推論に対して、同じ形式をもちながらも、そもそも仮定が対立しているため帰結も対立する論法。ここではファニーが「若くて病みあがりのリュドヴィックが好きだ」とすると、「若くなくて病みあがりではないアンリは好きではない」となる。

え野心から生まれたものでしかなかったとしても、夫婦を、人々を、愛人たちを、親たちを、結びつけていた。

ところがここには、何もない。ただ物のよく見えない、怪物《モンスター》じみた人たちがいるだけだ。そして彼らは、自分たちが怪物だと認めることができず、そうではないと言い張っている。

もし、まわりの人々に知性あるまなざしをそそぐ人たち、やさしさを務めと思い、ときには我を忘れることを権利と思う人たちがいるなら、少なくともそういう人たちには、魂というものが——漠然とでも——感じられるだろう。

うぬぼれや、無感動や攻撃的な傾向というものは、一般的に愚かさから生まれるものだが、ラ・クレソナードでは、誰に対してであれ、それらがまったくの無関心から生まれている。

ファニーのなかから、駅やここまでの車中で感じた楽しさが、消えていった。あとに残ったのは、階段や石落としや、たがいに無関心な人たちでいっぱいの、この大きくでっぷりとした屋敷だけだ。

ファニーはこれまでにも、裕福な人たち、上流気取りの人たち、彼女が仕えるデザイナーの顧客たちに出会ってきた。そして好感をもってきたのであって、こんなにも見知らぬ人のように感じたことは、一度もなかった。

この屋敷を支配しているのは、金ではない。野心でも、権力への志向でもない。およそ彼女が知っているものではなく、家族全員による、かたくななまでのコミュニケーション不全のようなものではないか——そう気づいて、ファニーはぞっとした。

たしかに彼女は感じていた。ここには本物の会話がない、と。義母とマリー＝ロールのあいだにも、妻と夫のあいだにも、父と息子のあいだにも。誰もが自分の財産や階級上のポジションを守りたがり、自分以外の者にはいささかも興味をもっていない——。

そんな空気が、田舎のそよ風のなかにも漂っていた。そして風は、ときおり、それらをただ吹き散らしに来るだけだ。

6

盛大なパーティーが開かれるその日は、きっと晴れる——ファニーは自分にそう言い聞かせた。

二百人もの見知らぬ人たちが、そこここにあるモロッコ風クッションと、エクスクラメーション・マークをかたどった大理石の屋内彫刻のあいだで思わずよろけるところを想像すると、それだけで逃げだしたくもなる。そのうえ、もしどしゃ降りにでもなったら、楽しい宵を期待しながら来た客たちと、がっかりしながら室内に押しこめられて、雨よけ幕の設営やら立食用の料理やらテーブルやらを眺めつつ、じきに全部がテラスのほうへゆっくり倒れていく予感におののくことになるのだ。ほどなく、ほんとうに全部倒れてしまったら、わたしの真後ろからミロのヴィーナスが、頭越しに同じ方向へ目をやって、遅れてやって来た客たちがずぶ濡れになっているのを見てしまっても、まあ仕方ない——ファニーは空想をふくらませた。

そして、雨が降ってそのような大騒ぎになったなら、リュドヴィック・クレソンがほかの者たちよりおかしいなどと、いったい誰に言えるだろう？

これでファニーの使命は果たされるのかもしれない。だがその心に、慰めはほとんどもたらされまい。なにしろパニック映画には、うんざりさせられるから。舞台装置家たちの言い逃れの冗談に、勝るとも劣らず。たとえそれが有名な舞台装置家たちであっても。

「もちろん、当日のことは白紙委任、すべてあなたにおまかせします」

ファニーが到着した晩に、アンリは食事の席でそう言った。とたんにマルタンはびくりとし、あとの面々は静まりかえったので、〈クレソン家では、これはめったに聞かれない言葉なのね〉とファニーにはわかった。いずれにせよ、この家の主人の口からは。

そして主人は、いかにも品のいいことを言ったのだと強調したくて、上流社会の人らしいほほえみを添えてファニーを見たのだが、そのほほえみのせいで、かえって品がなくなっていた。雄牛のような体つき、日ごろの人間関係のとらえ方、それに自分は重要人物であるという自意識から、ほほえまなくても彼は下品になりうるのだが、奇妙なことに下品さというものは、それを無意識のうちにも隠そうとするときにかぎって、表に現れてしまうものだ。

トゥールでは、ラ・クレソナードから聞こえてくる噂のなかでも、この「白紙委任」が大きな話題となって、盛り上がっていた。ともあれ、商売人たちのあいだで。

そして二つめの（リュドヴィックの精神の健康について、その曖昧《あいまい》さにきっぱり終止符を打つことができそうな）騒動は、リュドヴィックが、小中学生が使うようなノート用紙に手書きで、「来週、森の小屋《シャレー》で逢《あ》いましょう」としたためて、マダム・アメルを誘ったことから始まった。

はじめマダムはあっけにとられ、次《つ》いでなにやらうれしくなり、それから烈火《れっか》のごとく怒りだした。

「なんなの？　あたくしにはこの仕事があって、女の子たちも抱えてるのよ！　元常連のイカレた息子と、森の小屋でいちゃついたりするわけないでしょ！　ここにはトゥーレーヌきっての美女たちがそろってるっていうのに、あの道楽息子ったら、六十の坂を越えた女（そう、あたくしのこと）のほうがいいって言うの！」……

だがラシーヌの悲劇もかくやという心の動揺も、好奇心には勝てなかった。

土曜日の午後三時、リュドヴィックとマダム・アメルは、愛の小屋で向かいあっていた。リュドヴィックはコーデュロイのスーツ、マダムは黒の厚手レースに房飾りのついたテーラードスーツ——そう簡単には侵入できない——に身を包んで。

ところが、とても大っぴらにはできない会話のあとに、判明したのだ——リュドヴィックの意図は純粋で、どれだけマダムに感謝しなくてはならないか、よくわかっている、と。マダムのおかげでふたたび愛の喜びを見いだすことができ、長いあいだの鬱々《メランコリー》とした気分から救われたのだから。

そして直接わたすことを詫《わ》びながら、妥当という以上の金額が入った封筒を差しだしたのである。マダムは知らなかったが、時計を四つ売って作った金であり、そのうちの一つは聖体拝領の記念の金時計だった。

リュドヴィックは、それからタクシーでマダムを送った。マダムは目をうるませながら、彼を胸に抱きしめた。

その後、不思議なことに、マダムはこのときのことを誰にも話さなかった。出かける前は、あちこちに触れまわっていたというのに。そして、最高に愛に満ちた解釈が流れていくままにしたが、締めくくりには、いつもきっぱりとこう言うようになったのだ。

「あの人がおかしいのかどうかは知らないけど、リュドヴィックは、紳士《ジェントルマン》よ」

一方リュドヴィックは、自分をなんとなく、女性遍歴で名高いあのカサノヴァのように感じながら、いつものように、ラ・クレソナードに走っていった。だがこのときは、いつも以上の高揚感でいっぱいだった。彼は、家族でありながらそうでないような、寡黙で冷たい人たちのもとへも、敵意ある妻のもとへも行こうとはせず、ファニーのもとへ向かおうとしていた。一人の人間、一人の男として、自分にも話しかけてくれるであろうあの知的な、美しい女性《ひと》のもとへ。

7

土曜日の、午後四時半だった。マダム・アメルに会って森の小屋から帰ってきたリュドヴィックは、テラスで足を止めた。アンリの車が見当たらない――午後の屋敷はあまりにひっそりとしていて、彼は立ちすくんだ。

そこへ、ピアノの音が聞こえてきたのである。誘われるように、リュドヴィックの足はふたたび前に進んだ。音は、居間の隣りの書斎に置かれた、古いベヒシュタイン[*1]のピアノから流れてくるようだ。書斎は本来、喫煙者や芸術家たちが観念的な議論や談話を楽しむための次《つぎ》の間《ま》だったが、この二十年まるで使われておらず、ピアノも放置されていた。リュドヴィックも生まれてこのかた、ピアノの蓋《ふた》が開いているのを見たことも、ピアノの音が流れてくるのを聞いたこともなかった。興味を引かれるうちに、音は一つのメロディーとなっていき、その場で彼は、胸を引き裂かれるような感慨を覚えた。

〈はじめてだ、こんなこと〉

奇妙にも息が荒くなり、壁ぎわに立って、蜜であり毒でもあるようなその音楽が流れ出している窓のむこうに、彼はファニーの横顔を見た。

〈遠いな、近づけない〉

一瞬、そう感じた。そのあいだも、同じメロディーがくり返しくり返し聞こえてきたために、リュドヴィックはとうとう、どうしようもない絶望感に見舞われたのだ――ぼくは何も知らない、何一つ持ってもいない、いつも奪われていた、何もかも奪い取られていた、この音楽のなかにあるものを、周囲の、おそらく大気のなかに漂っているものも、パリに漂っていたにちがいないものも、自分の影だけを引きずるしかなかった場所に舞っていたものも、ぼくはこれまで目にすることも、手にすることも、けっしてなかった――。

＊1――一八五三年、ベルリンでカール・ベヒシュタインが創業したピアノ会社のピアノ。ヴァイオリンのストラディヴァリウスにたとえられ、フランツ・リストやクロード・ドビュッシーなどにも称えられた美しい音色をもつ。

彼は壁にもたれ、目をつぶると、涙をこらえながら思った。

〈泣くなんて、まったく大人げない〉

目元を袖でぬぐうと、彼はいったいいつ以来のことか、自分に――リュドヴィックに、起こったことをはじめて自問した。リュドヴィック・クレソンは、あらゆる薬を試されていたあの長い年月のあいだ、自分に無関心で、自負心などはなかったおかげで――自己蔑視もなかったけれど――救われたのだ。義務もなく――ときおり愛情に関する疑わしい義務は思いついたにせよ――同時に何の権利もないと感じていた。父親の金を湯水のように使うこと以外、実際何の権利もなかった。おかげでつねに気楽だったが、幸福というものを少しも知らなかった――幸福は、安逸《あんいつ》なぼくの毎日には宿っていなかったから。

それから波乱の運命がやってきて、ぼくの上を絶望の年月が過ぎていき、ぼくは、孤独を受けいれるしかなかった。子どものころから愛情に恵まれず、長いあいだ、自分にはどこか欠けたところがあると感じていた。まるで障碍《しょうがい》者のように。そして、ほんとうにそのようになってしまったのだ。

*

ふと音楽がやんで、窓が開いた。

「リュドヴィック？　何してるの、そこで？　てっきり……その、テニスにでも行ったのかと」ファニーは口ごもった。

その日の午後、彼が欲求を満たす息抜きをしに屋敷を抜け出すことを、ファニーは聞いていたのだ。もちろんフィリップから。とはいえ、ぼんやりと、少々ためらいがちにしか耳を貸さなかった。だから目の前に、快楽というより試練の場から戻ってきたような、引きつった顔でリュドヴィックが現れたことに驚いた。

「真っ青じゃないの。上がってらっしゃい、窓から」

リュドヴィックは窓から入ってきたが、あまりにゆっくりだったので、ファニーはまず、三人はすわれるベンチ型のピアノ椅子にしっかりすわらせて、自分ももう一度すわった。そしてしげしげと彼を眺めた――リュドヴィックの静けさはあいかわらずで、日焼けした肌も急に透明感を帯び、いつもは落ち着きのない目も、今は輝いている。

ファニーは右手で、また同じメロディーを弾いた。そしてまた。さらにまた……。

「ね、どうかしたの？」

「子どものころから、このピアノが開《あ》いてるのは見たことなかったから……」

リュドヴィックはそう言うと、わずかに手を動かして、うっとりしていることを伝えた。

「このピアノが開いてるのを、見たことなかった？　うそでしょ！　これ、ベヒシュタインよ。ずっと使われてなかったみたいだけど、音がすごくきれい。だからマルタンに、調律してもらうようにってたのんだの。そしたら今朝、調律師さんが来て、静かにやっていってくれたのよ。ここは壁がほんとに厚いのね。それにしても、なんてひどい趣味！」思わず彼女は口走った。これまでのところ、クレソン家のインテリアについては、いっさいのコメントを控えていたのだが。

「それ、何の曲ですか？　聞いたとたんに心臓が止まりそうになった」リュドヴィックが言った（そして頬を赤らめた）。「いや、ぼく、なんにも知らないんです。音楽のことはなんにも。入院してたとき、なかなかいいトランジスターラジオを買ったんですけど。小さいイヤホンがついてて、それで聴いてると、気持ちが落ち着きました。でも聴いてたのは、騒々しい音楽ばっかりで」リュドヴィックはそう話し、ラジオの電波が途切れて聴きにくかったなどという恨みがましいことは、少しも言わなかった。

　または、こんなふうに言うこともできたはずだ。

〈どんな診断がついたのかたずねたからって、医者のやつらにそれまでよりひどい閉じこめ方をされたときには、ほんとうにいやになりました。慢性的な中度知的障碍、永遠に危険人物ってことにされちゃって。なのに、誰もぼくの味方になったり、守ったり、そこから出そうとしたりしてくれなかった。それでよけい、いやになったんです。父親も、妻も、みんな、ぼくから何もかも、人生を楽しむ自信まで奪ったんだ。以来ぼくは、永遠に辱《はずかし》められたようなものですよ。それで少しは孤独を忘れたくて、プロの女性たちに助けを求めたんです〉

　ファニーは気持ちを切り替えたかのように、目をそらすと、同じメロディーをまた弾きはじめた。

「シューマンよ」くぐもったような声で解説する。「四重奏曲……だったと思う。すごくきれいな曲。まさに。心臓を射ぬかれたというのも、ほんとにそうよね。わたしは弾けないんだけど。きちんとは知らなくて……。でも好きな四重奏団《カルテット》があってね……」

二人は窓とピアノのあいだにすわっていた。太陽の光が気まぐれに、からかうように、よろい戸を通して射《さ》しこんでは、リュドヴィックのつややかな髪や、ファニーのうるんだような瞳をきらめかせる。そのまなざしは、蜜のように甘美でありながらどうしようもなくせつないシューマンを、奏でる右手だけにそそがれている。

「この音楽を、ぼくは今日、ここで、はじめて見いだしました」不意にリュドヴィックが言った。「それというのも、はじめて愛を見いだしたから――ぼくも人を愛せるってわかったからです。愛しているのは、あなたです……」しっかりと、彼は言った。「もうあなたなしでは生きていけない」

「そんな……いったい何を……」ファニーは口ごもり、笑おうとし、三人掛けの椅子の上で後ずさりしようとした。

だが顔をのけぞらせることしかできなかった。リュドヴィックの唇が迫ってきて、あっという間につかまったからだ。彼は椅子の座面に両手をついて、唇だけで彼女に触れた。そしてうやうやしく、でもせっぱつまった熱いやさしさで、頬に、額に、首に、絡みつくようにしながら唇を押し当てていった。ファニーは思わずうめいた。そのあいだも「愛してます、愛してます」という言葉が聞こえつづけ、その声はとうとう揺るぎないものになったのである。

ファニーは彼を押し返せなかった。抱かれておらず、触れられてさえいなかったのだから。ただその顔だけが、つかみどころのない自然なものを、驚くほどのこの静けさを、たぎる血潮を、右に、左にと動かしていた。

*

陽が沈み、あたりは暗くなってきたが、二人は気にとめなかった。リュドヴィックはあらゆる熱烈な言葉を口にし、茫然自失や感謝の念や、早くも湧《わ》きあがってくる独占欲が、男性的な強さや意志の固さなど、ファニーの目に魅力と映るすべてのものと混じりあっている。そして今や、くらくらするような思いやりも。それは偶然出会った二人のあいだに、快楽と一つになった愛が生まれたからだ。

ファニーにとって、この事態はとんでもないことだった。しかしまた、自分の体の応《こた》え方から、まったく自然なことにも思えて、ほがらかに笑った。笑うわけをリュドヴィックに説明しながら、また笑った。リュドヴィックは彼女の官能の一つ一つに驚き、それらを勝ち取ると同時に、自らも征服されていったのである。

かたわらに横たわったまま、ファニーは彼の背の高さを、乾いた肌の心地よさを、肩のたくましさを感じとった。その力強さと、落ち着きも。歳《とし》のことは考えなかった。自分の歳も、彼の歳も。それは、二人の髪の色の違いほどのことでしかなく、そこにどんな障害があるとも思えなかった。

彼女の体のちょっとしたところ、少々欠点と思われるところにまで、彼はまるで大きな発見でもしたように、贈りものでも受け取ったように、目をみはった。彼女は、あからさまで遠慮のないそうした視線にも、のびのびと安らいでいられた。批判も臆病な気持ちも、まるで関係なかった。

二人から五メートルほどのところにあるドアが、いくつもの居間に通じていて、噂がたつかもしれないことも、関係なかった。

*

二人は夕食のあいだじゅう、少し生気の抜けたおだやかな顔と、口数の少ない温和な様子で過ごした。これにフィリップが、はっとした。快楽のあとのしるしを知っていたからだ。愛のしるしは知らなかったけれど。

アンリ・クレソンは、右手にたっぷり包帯を巻いていて、塩入れも胡椒《こしょう》入れもうまくつかめず、そのたびに悪態をつきかけていたが、三人の女性の手前——お客、義理の娘、威厳あるサンドラ——礼儀を重んじ、特定の表現をぐっとこらえていた。

「東京の輸入業者の阿呆《あほう》が、新しい豆の鞘剝《さやむ》き機をどうしても見たがったせいで、仕事中に事故ときた。あれはすばらしいテクノロジーで、二十万ドルもしたんだ！」言いながら、ナイフをフィリップとリュドヴィックのほうにむけて振りまわしたので、二人とも目を見開いた。「そいつにあの……がらくた機械を見せてやってる最中に、裁断ベルトに近づきすぎて……ああもう忘れよう……ベルトがおれの手首をかすめていきやがった」

アンリはテーブルの真ん中に、包帯を巻いた手を差しだした。

「まあ怖い！」ファニーが言った。「もっと重大な事故になったかもしれないんですね？」

「まあそういうことだ」少し胸を打たれて、アンリは答えたが、痛みを示そうと歯をむきだして見せた。

「気をつけないとね、おとうさま」マリー＝ロールが口を出したが、まったく無関心な態度で、それはサンドラも同じだった。「その日本人は、トゥーレーヌのこんなはずれで、何をしてるんですか？」

「ほんとに」とファニー。「東京からこんなに遠いところで。一度夕食にでもご招待しないと」

「ＩＡＯＰＵの代表七人だ！　日本およびアジア最大の種子輸入業者さ」

「七人！」突然目ざめたように、リュドヴィックが叫んだ。「なんてこった。例の憂うつなパーティーの前に七人も呼んだら、うちはまったくの社交場だな！」

そしてのびやかに笑いだしたので、テーブルの面々はあっけにとられた。アンリが最初に気を取りなおして、不機嫌に戻った。ファニーも笑っていたからだ。

「言っとくがな、おまえ、その『憂うつなパーティー』は、おまえのために開くんだぞ。親戚一同に、おまえは頭がおかしいまま退院したわけじゃないってことを、見せてやるためにな！　ま、そのあたりは今ひとつ確信が持てんが」

「ま、議論の余地はあるね」あいかわらず陽気に、リュドヴィックが応じた。

「もう一つ言っとくが、おまえがきれいな看護師たちに言い寄ってたあいだ、おれは働いとったんだからな！」

みんなうつむき、やや長い沈黙が流れた。アンリは少し気づまりになって、哀れっぽい調子で話しだした。

「もっとも、ここで働いとるのはおれだけだ。いや、もちろん、あなたもですね」

アンリはファニーの手を取ると、そこに口づけた。

リュドヴィックは、笑いを止められなくなった。

「看護師さんたちと、そんなことはなんにもなかったよ、おとうさん。しっかり者でたくましくて、エネルギッシュな女の人ばかりだ」リュドヴィックはそう言い足すと、まさに子どものような、天真爛漫《てんしんらんまん》な笑顔でファニーのほうを見た。

「つかまったんじゃなかった?」不意にマリー＝ロールが訊いた。「マダム・アメルのところの若い子たちに。聞いた話だけど」

〈まったく、小さなヘビがシューッと威《い》嚇《かく》したみたい〉ファニーはそう思いながら、マリー＝ロールのほうを向いた。そして怒って立ちあがり、言い放った。

「今の話、がまんなりません。聞くに堪《た》えないってことです。失礼します……」

ファニーはそのまま出ていった。

フィリップは礼儀正しく立ちあがり、リュドヴィックは笑うのをやめ、アンリ・クレソンは少々うろたえた。

　ファニーとリュドヴィックのあいだには、まず合意と暗黙の了解によるひとときがあり、それからファニーがいらだった――これに、またしてもフィリップが、はっとした。そしておそらく、マリー＝ロールも。彼女も立ちあがると、母親を追いかけたのだ。はじめて親子の連帯のきざしを見せながら。

　男たちだけが三人取り残されて、アンリは二言三《ふたことみ》言《こと》つぶやいた。たぶん謝罪の言葉だったのだろうが、誰にも聞こえなかった。それから彼もおもむろに立ちあがると、口ごもるように「おやすみ」と言い、続けて怒ったように「もう寝なさい！」と言ったが、残る二人は向かいあってすわったままだった。リュドヴィックは寄せ木張りの床を見つめ、フィリップはそのリュドヴィックを見つめている。

「明日は晴れると思う？」フィリップが訊いた。「パーティーの日も、晴れるかな？」

「それはわからない。誰にもわかりゃしない」

「きみの素敵なおかあさんは、そう期待してるみたいだぜ。楽天的な女性《ひと》と言わざるをえないな。愛情深い、とさえも。あの歳にしては……」

「歳は関係ない」リュドヴィックはそう言って、まるで意に反するようにふたたびほほえんだので、なんとなく引っかかるなと、この義理の叔父は思った。

フィリップはファニーとは何の関係もなかったが、彼女が非常に礼儀正しいのに、彼を写真のように、永遠に動かない人物のように、眺めているのに気がついていた。そして彼自身、自分をよくそのように感じていたのだ。

8

ファニーはリュドヴィックとふたたび顔を合わせたとき、彼はもう年齢も性格もよくわからない妙な人間でも、迷子《まいご》になった孤児のような人でもなくて、自分の男《ひと》なのだとぼんやり思った。

気がかりなのは、人に侮辱の言葉を浴びせる者が、根深い恨みをもって見くだしながら話しても、怒りどころか感情の揺れもなく、言いかえしもしないことだ。そんな寛大さのせいで——それともただの健忘症？——見くだす者たちの猜疑《さいぎ》心はかえって煽《あお》られている。

ファニーはこの健忘症について、つまらない理由——たとえば金銭的な——が見つかるのを恐れた。そしてそんなことを考えていると、彼の新たな魅力も薄れていく。

〈今夜しっかり考えよう〉ファニーはそう心に決めた。朝になったらここを出ていくのがいいのかもしれない。いずれにしても、リュドヴィックとよく話しあおう。

ところがこの静かな田園地帯で、ベッドに横になったとたん――ナイトテーブルには、昔の貴族のつきそい女性のようにしっかりと、エビアンのボトルが立っている――彼女はやすらかな眠りに落ちたのだった。まぶたに浮かぶリュドヴィックの面影とともに――自分の顔の間近で笑っていたリュドヴィック、赤褐色の瞳を幸福で輝かせていたリュドヴィック――。

ファニーにはわからなかった。かつてカンタンに出会ったときには、その英国風のたたずまいやふっくらした唇にひと目惚れし、強烈に惹《ひ》かれたものだ。だがリュドヴィックには、同情と好奇心が入り混じった程度のものしか感じていない。なのに、これはいったいどういうこと？

彼女には、恋する男がそのとき、よろい戸にむかって投げつづけていた小石の音も聞こえなかった。おそらく、それでよかったのだ。

*

翌朝、ファニーが食事室に入っていこうとすると、リュドヴィックがゆうべと同じまなざしとほほえみで、扉のほうを向いて立っていた。待ちきれず、今も胸がいっぱいといった風情に、ファニーは不意を突かれ、思いもかけなかった愛情に包まれた気がして、喉の奥がつんと痛くなった。そしてそのまま、入り口で足を止めた。

マリー＝ロールはこちらに背を向け、ビスコットを食べているので表情がわからない。ファニーは椅子にすわりながら、娘に対してはじめて気が咎《とが》めた。急に罪悪感がわいてきて、リュドヴィックにひとこと言いに行こうかという気持ちにもなった。あれは不躾《ぶしつけ》だったと。あるいは、ゆうべの暴行で妊娠したかもしれない、などと。

まったく、この家の人たちにしてみれば最初から厄介だった事態を、なぜ彼女は、いっそうもつれさせるようなことをしたのだろうか？

「おはようございます」

ファニーは習慣から、ほとんど自動的に周囲へ笑顔を向けて、礼儀正しく挨拶した。

さまざまな「おはようございます」が返ってきた。フィリップは、多少着古した部屋着をゆったりまとっていたが、ファニーの目には入らず、アンリはすでに会社兼工場へ行き、リュドヴィックは夢のなかをさまよっているようだ。

「あら、ママったら、これからまた重労働でもするつもり？」

マリー＝ロールは、ファニーのベルベットのパンツとシルクのシャツブラウスを眺めて、目を細めた。「もっとパンツをはくべきね。その体型《スタイル》が引きたって、さらに若く見える。ええ、そうよ、ほんとにそう……」まるで誰かが反論したかのように、彼女は強調した。

ファニーは素直にほほえんだ。

「ほんとに？……」

そして自分の恰好を気にする様子になったが、娘を愛《いと》しげに見ると、きっぱり言った。

「あなたはワンピースがいいわね。子どものころからほっそりして、かわいかった。ちっちゃなプリーツスカートに、先のとがった靴をはいて……」

「あらそう、でももう着がえるの」マリー＝ロールは着ていたシャネルのスーツを指して、怒った目で言った。「これからゴルフに行くから」

母親にスーツ姿を否定されるのは、少々不愉快だったのだ。リュドヴィックはといえば、無礼で不誠実な妻であっても、その服装には感心していたのだが、今やその母親のほうしか見ていない。

その日、ファニーは実際とても若やいでいたので、本人としても、目に見えない年齢など思い起こさせずにいてほしかったことだろう。マリー＝ロールが立ちあがった。

彼女は、夫リュドヴィックが戻ってきて以来、午後はよくゴルフに出かけている。ゴルフ場で、彼女の言葉によれば「奇跡的にホテル・リッツから抜け出してきた」外国人の友人たちと落ちあい、リュドヴィックが来ないのは「リハビリ中だから」と説明する。曖昧《あいまい》で心配させるその言葉が、来ないことを最もうまく正当化するのだ。ほんとうは、ぜったい来てほしくないわけだから。

その友人たちのなかでも、自分に夢中なアメリカ人のことを思って、マリー＝ロールはため息をついた。しっかりした資産はあるものの、名声はない男。マリー＝ロールはほとんど寡婦《かふ》のように、しかも何の落ち度もなく、二年間過ごしたのだ。ミネソタあたりの実業家で満足するはずがない。

ゴルフが終わるとラ・クレソナードに帰ってきて、彼女は毎日のように友人たちに電話をする。そして毎日のように、ペレーズ先生とセーネ先生にも電話をする。ともに自分の相続、つまりクレソン家の財産の取り分についての、現在および将来にわたる弁護人だ。

　フィリップのところへ行って、一時間ほどおしゃべりもする。クレソン家の男性二人が、ちょっとした過ちを犯しているのを知ってから、情報交換しているのだ。

*

　その日、リュドヴィックのカブリオレは――退院してきたときに父親からプレゼントされたものだ――テラスの前で二人を待っていた。青年は玄関前の石段を、ファニーが待つ下までおりてきた。

「マリー＝ロールに花を買うのを、忘れないようにしなきゃね！」彼は声を張りあげた。「買いものに行くって、みんなに言ってあるから」

　ずいぶんはしゃいでいるようだ。知的障碍《しょうがい》があるみたいなこの男の子と、ファニーは何をしているのだろうか？　彼はファニーを熱烈に愛していると言い、ファニーも彼に愛を感じて、二人は愛しあった。だがその彼は、もう何年も責任能力がないとされているのだ。

そんな彼をどうしようというのか？――ないがしろにしないこと。だがそもそも、いかなる権利で？

駅まではそう遠くない。列車に乗れば、運転しなくていいのだが。

「車のキーは持ってる？」リュドヴィックが訊いた。

「ええ」ファニーはバッグをさぐりながら、そっけなく答えてキーを取り出した。

そして助手席側のドアを開け、すわりながら、外に立つリュドヴィックにキーをわたした。リュドヴィックはあらかじめ、もしも……の場合は運転してほしいとたのんでおり、ファニーも基本的に承諾していたので、不安に顔をこわばらせながら助手席側のドアを閉め、ウインドーをのぞきこんだ。だがファニーは身じろぎもしない。

再会してから二週間、二人のあいだには暗黙の取り決めのようなものができていたが、愛していると告白し、関係を結んだ男としては、運転をたのむ目配せなど二重の意味でできはしない。とりわけ、彼女に一日ハンドルをまかせたあげく、その面前で妻から、「気のきかない人！」などとののしられるとしたら。

一方ファニーは、はじめのうちこそリュドヴィックを哀れに思っていたが、今や哀れに思うのは自分自身だ。最終的には責任をもたない若い男につきまとわれ、生活のために働き、夫なしで暮し、薄情なこのブルジョワ一家に休暇《ヴァカンス》をささげている……。

「どうしたの？……」

「行きましょ、ね、お願い、リュドヴィック、疲れてるの。運転して」

そして頭を後ろへのけぞらせると、ファニーは目を閉じた。


一瞬しんとしてから、リュドヴィックが隣りにすわり、キーをまわしてエンジンをかけ、なめらかに車が走りだす音を、彼女は聞いていた。信頼のしるしに目を閉じたままでいたが、何といってもだるかった。

「ワイパー、どこだっけ」得意げと言ってもいい陽気な声がした。「忘れちゃったな……」

ファニーはまぶたを上げて、恋の囚われ人の心配そうな、でも純真な顔がこちらをのぞきこんでいるのをちらりと眺めてから、左手でワイパーのスイッチを入れた。

「ぼくといっしょで怖くない？　今まで訊けなかったけど。でもあなたが来てから、ぼく、こっそり練習したんだ」

「全然」とファニー。「どうして？」

そして、また目を閉じた。

リュドヴィックは何も言わずに、トゥールまで運転した。トゥールは気を惹《ひ》くものが多い街だ。彼はどの店でも、恋の囚われ人兼しもべのような役を演じて、カートを押しながら買いものの様子を見守り、目でファニーに賛成の意を示した。店員の女の子たちは、このときとばかりにわっとリュドヴィックを取りかこんだ。マダム・アメルから、クレソン家の御曹司《おんぞうし》と過ごしたひとときについて、肝心なところを省略した話ばかり聞かされていたからだ——頭がおかしいとかいう例の紳士《ジェントルマン》が、こまごまとおかあさんのお手伝いをしてるじゃないの。奥さんがひどい分、おかあさんはいっそうやさしく思えるのね。

二人はデパートのなかにいたのだが、ファニーはパーティーで各テーブルに置く磁器の脚つきカップについて迷い、合計金額を見せた。

「どう思う?」

「いや、だって」ファニーを見もせずに、リュドヴィックは答えた。「『白紙委任』は『白紙委任』だろ。かまやしない」そして彼女の袖を引っぱると、出口まで連れていったのだ。「パーティーに来る連中を、あっと言わせなきゃならないんだから。そしたらみんな、自分の次のパーティーで同じものを置くだろうよ」

「みんなのパーティーには行かないわ」ファニーが笑って言い、そのファニーを彼は車に乗せ、かがんで荷物を整理し、残らずトランクにしまった。長いあいだ薬と無気力の陰に隠れ、家族に踏みにじられてきた青年とは正反対の姿が、そこにはあった。

乗り心地のよくないオープンカーのなかで、ファニーは身動きできずにいたが、リュドヴィックは車を走らせながら彼女に身を寄せると、すばやく、公然と、その髪に唇をつけた。ファニーはとっさに居《い》ずまいをただした。

「気は確か？　リュドヴィック・クレソン！　トゥールの人たちが何て言うか」

「言わせておけばいい。どっちみち旅に出ようよ、ね？　この地球のことを、ぼくはなんにも知らない。もちろん、旅が好きならだけど、あなたが」

ファニーはふたたび座席にもたれた。この瞬間、もし鍵のかかる部屋をホテルにとれたなら、何でも差し出したことだろう。たとえ好きではないトゥールでも、一人閉じこもることができて通常の生活ができ、パリに帰ったり、ラ・クレソナードであてがわれた百平米もの部屋に戻ったりできるところならば。

〈いったい……〉彼女は思った。〈何に巻きこまれちゃったんだろう、わたしは？　これじゃ悲劇じゃない！……腹のたつ娘だけど困ってるなら助けてやろうと、三週間も休暇をとって、のこのこ田舎まで出かけてきたっていうのに、家族の犠牲になってるこの男の子につい身をまかせたら、それでもう、許されぬ恋？〉

カンタン亡きあと、彼女は一度だけ、とある男性と一夜を過ごしたことがあった。ところが翌朝、勝ち誇ったようにこれ見よがしな態度をとられて、辱《はずかし》められた気持ちになったのだ。より正確に言うなら、愛についての自分の思いが辱められた気がした。それはカンタンに感化されて抱《いだ》くようになったもので、他者への敬意を含むものなのだ。

それまでファニーは周囲で、すぐれた知性の持ち主なのに妻や愛人には無作法な男たちとか、魅力的なのに、自分の愛人のスタミナについて美容師に自慢する女たちを見てきた。要するに、自由という名の逆ピューリタニズムが行きわたっているのを見ては、多少なりとも驚いていたのだ。というのも、言動に知性が反映されていたカンタンに、それまでずっと守られてきたからだった。今ではある考えが、世の中の重大な欠陥のように、ファニーをぞくりとさせる——愛をひけらかすことに熱中する裏には、性的不能がひそんでいるのでは、と。

*

その日の午後、ファニーとリュドヴィックはトゥールの街を走りまわり、ファニーが三日前に作った手書きのリストをもとに、パーティーに必要なものを買いそろえた。だがファニーには、それらがどれもみな場違いで、非現実的であるように思えた。

彼女は天気やパーティーの詳細や、トゥールの人たちの外見についてしゃべり、リュドヴィックも同じような調子で、気の乗らない返事をくり返した。ファニーが横を見ると、彼はどことなくやつれ、物問いたげで、ようやく罪悪感に目ざめたような表情だ。だがどんな過ちを犯したのかわからなくて、押し黙り、理解できなさと苦悩とで、まるで老いてしまったように見える。顔だちさえ、わずかに損なわれたかのようだ。

彼はもう、ゆうべの、防御を解いて満たされた若き愛人ではなくなっていた。ふたたび孤独で絶望感に沈み、その胸の苦しみから、不意に大人になっていた。部屋の片すみ、人生の片すみに閉じこめられ、将来の可能性に背を向けている大人に。一人きりで、ずっと一人きりで、いつも一人きりで——。昨日はその孤独から逃げ出せたと思ったのに、ふたたびつかまり、つながれて、彼はいかなる反応もなくしている。

リュドヴィックは彼女を歓ばせ、彼女は身を震わせた。彼の肌の魅力、伏せられたまぶたの長いまつ毛、不安げなまなざし……。ハンドルの上にある大きく形のいい手、不思議にもたくましい手、巧みで注意深いと今は知っている手……ゆうべ知った何もかもに、ファニーは顔をそむける。カンタンへの情熱がいちばん激しかったときと同じように。

考えれば考えるほど、ファニーは訝《いぶか》しく思い、不安になる。はじめて愛を交わした男《ひと》と、こんなにもすぐ親密に、自然に打ちとけられるものだろうか……。

だが二人は恐れもためらいもなく、たがいに補いあう地平で出会ったのだ。あとは運命に加護を祈るしかない。たとえ彼女が十歳年下であろうと、年上であろうと。許されぬ恋であろうと、彼が不安定であろうと。これまでの習慣や人生によって、この成りゆきとピアノのかたわらでの二時間を、否定するのであろうと。

9

　その日の夕食のテーブルでは、会話がゆるゆると続いた。アンリ・クレソンは、観光客というものはどうして同じところにばかり行きたがるのかとぼやいた。特にあのノートルダム大聖堂。角張ってつまらない建物だし、ごてごて飾りたててある。

「で、そこらじゅうにくっついてる変な顔の……何て言ったっけ、外についてるあの醜いのは……？　あれはひどい。何て名前だ？……」

「ガーゴイル」リュドヴィックが答えた。

「なんで知ってるんだ、おまえ？」アンリは目をみはった。息子が、恐るべき原子力の秘密にでも触れたかのように。

「ほんと」とマリー＝ロール。「そんな知識、どこで仕入れたの？　あなたが教わったとき、ガーゴイルはまだ石でできてたわけじゃなかったんじゃない？……」

「一つを除いてね。ぼくが結婚したのを除いて[*1]」

リュドヴィックの静かな声が消えると、沈黙がいつまでも続いた。やがてアンリが満足げに頬を紅潮させ、その場にそぐわないのに断定的な意見をひとこと言おうと口を開いたが、まさにそのとき、頭上からゆっくりと重い足音が聞こえてきたのだ。一同はフォークを手にしたまま、目を見開いて、体をこわばらせた。上はサンドラの寝室で、彼女は少し前から立ちあがるのさえ禁じられて臥《ふ》せっている。枕元には看護師が一人、夜どおし付き添っている。この看護師はとても痩《や》せているのだが、昼間の看護師は正反対で、ふっくらした体型だ。

「『ハムレット』[*2]だ。第一幕。国王の亡霊の足音がするところ」リュドヴィックが、いか

*1――リュドヴィックが結婚したのはマリー＝ロールであるから、マリー＝ロールはガーゴイルのように「変な顔」で「醜く、しかも「石で」できているように心がないという皮肉だろう。マリー＝ロールの揶揄《やゆ》に対して、リュドヴィックがみごとにやり返している。

にも楽しそうに謎解きをする。

「ああ、勘弁してくれ！」アンリが立ちあがって叫んだ。「サンドラはすぐ横にならないと。ミュラ先生から……いやマラ先生だったか……思い出せん、とにかく昨日もまた言われたんだ。フィリップ、上に行ってサンドラを寝かせてくれ。おれもすぐ行く。さあさあ、急いで！」

義弟は階段のほうへ飛んでいった。心配そうにというより、興奮気味に。

マリー＝ロールは、先ほどのリュドヴィックの言葉に頭をめぐらしているようだ。

「やつは何を言ったんだ？」アンリもそれを、今ごろたずねた。

そしてまた立ちあがると、ゆっくり階段のほうへ向かおうとした。疲れきった様子のファニーも続いた。そこにマリー＝ロールの声がして、二人は足を止めた。

「ねえ、おとうさま。おかあさまは、もう一週間もお部屋を歩きまわってらっしゃるわ。パーティーで何か、おとうさまをびっくりさせようとしてるのよ」

「そんなことはないだろう！（アンリがなぜか気落ちした様子になったのは、一目瞭然だった）あれにはそんなことはできん……する権利はない！　ほら、あのマシャン先生も、市立病院の、おれに言っておった……」

「そんなの無視よ、あの義母《ひと》は」

「だがあいつは……熟れすぎたトマトみたいな顔色になってるじゃないか」アンリはわめいた。「生《なま》の羊の腿《もも》肉みたいな……パーティーに出たりしたら、デザートあたりで倒れるかもしれんし、どうなるかわからんぞ！……だめだ、だめだ、だめだ！ だいいちファニーは？ お客をもてなすのはファニーだろう、え？ おれはもう友人全員に言ったんだ。今回は特別に、素敵な女性がラ・クレソナードでおもてなししますってな！（それから非常に早口でつぶやいた）サンドラにもいいところはあるが、もちろん……」

ファニーは驚き、少々不愉快になった。

「自分の奥さまのことを、そんなふうにおっしゃるものじゃありません！ まずは、もてなし役など喜んで奥さまにお返しします。それから、奥さまにお使いになった言葉は……」

「いや、大したことじゃないんです」アンリが弁解する。「だいいち、ほんとうのことだし……まあ、男ってものは……（アンリはここで、無頼漢《ぶらいかん》のようにニヤリとしてみせたが、

＊2――シェイクスピア（一五六四―一六一六）の四大悲劇のうちの一つ。ハムレットの父である前国王が亡霊となって現れ、死因は現国王である弟による毒殺で、王位も王妃も奪われたと語り、ハムレットに仇《かたき》をとってくれとたのむ。

まったく似合っていなかった)。要するに、言葉の綾《あや》ですよ」いつもの不機嫌に戻って、彼は叫んだ。「自分の女房のことを、生でも焼いたのでも、羊の腿肉にたとえるのを聞いたことがないとは言わせませんぞ！　もっとも、まちがったことかもしれん。ただ、下品ではない……」

「聞いたことはありません」きっぱりとファニーは答えた。「焼いたのであろうと生であろうと、夫から羊の腿肉にたとえられた女性《ひと》なんて、一度も聞いたことはありません」

だが、言いながらひくひく笑いがこみあげてきたので、大急ぎでそこから立ち去らなければならなかった。毅然とした態度は崩さないようにしながら。

「一度も」彼女は階段を上りながらくり返した。「一度もです」

そして踊り場まで来ると、そこからは文字どおり部屋に駆けこんだ。

結局、アンリとマリー＝ロール、リュドヴィックの三人が取り残されて、間抜けにも天井のほうへ耳を傾けた。足音はやんでいる。

「マルタン」あとの二人は耳が聞こえないとでも言うかのように、アンリが呼んだ。「もう何も聞こえないね？」

「聞こえません、旦那さま」執事はチーズの盆《トレー》を持って現れたが、アンリはうんざりしたように突きかえした。

「でも、さっきは聞こえただろう？　あの足音が」

「聞こえません、旦那さま」同じような超然とした態度で、マルタンが答える。

二人はたがいへの反感を燃えあがらせるように、にらみあった。

「チーズをさげてくれ！　誰も食わん」

マリー＝ロールが（ほんとうはチーズが苦手なのに）反抗するように、執事にむかって手をあげた。だが義父の様子をちらりとうかがうと、そこで手を止め、またテーブルクロスの上におろした。

「いずれにせよ」アンリが口を開いた。「フィリップは姉貴に、いい影響をおよぼしたんだな。寝たようじゃないか！」

「スパナを振りおろしたんじゃなければ」リュドヴィックがつぶやいた。

マリー＝ロールが愉快そうに口角を上げ、リュドヴィックが戻ってきて以来、はじめて彼に笑顔を向けた。だが彼は、ほほえみかえさなかった。父親を興味深く観察していたのだ。アンリはあきらかに、サンドラへの義務と、そこから逃げ出したい衝動とのあいだで悩んでいる。

アンリはすばやい動作で、衣裳部屋のほうへ行ってしまった。

リュドヴィックとマリー＝ロールは一瞬顔を見あわせたが、急いで立ちあがった。フィリップはといえば、もう現れなかったので、今夜の外交手腕についての家族からの褒《ほ》め言葉も聞けないままとなった。

＊

夜の十一時、マダム・アメルは、レースや刺繍《ししゅう》の敷きもの《ドイリー》がいたるところに置かれた小さなサロンで、ソファと肘かけ椅子から、お抱えの女の子二人がそれぞれ泣きごとを言うのを聞いていた。一人は初めての客から逃げだして、走りどおしで戻ってきたところ。性的倒錯のある男だったのだ。

「観光客や紹介のない人はだめだって言ったでしょ！」マダム・アメルは、歩道でひねったというその女の子の足首を、ヴェルポーのサポーターで固定してやりながら、くり返した。

もう一人も恐怖で顔を引きつらせながら、今度は小さな書きもの机に向かうシルヴィア・アメルを、たよりきった面持ちで見つめている。今朝がた、昔の男がずうずうしくも、彼女の稼ぎの二か月分を要求する手紙を送ってよこしたのだ。だが時代遅れのヒモなど、錚々《そうそう》たるパトロンたちのリストをちらつかせるマダム・アメルの顔を見たら、尻尾を巻いて逃げだすだろう。

そんな落ち着かない雰囲気のところへ、アンリ・クレソンが現れたのである。だがその雰囲気は、彼の望むところだった。生足《なまあし》とかシャンパンとか流し目などには、もううんざりしていたから。

彼は、今すぐ時間をとって相談に乗ってほしいと、マダムにたのんだ。マダムの口の堅《かた》さと良識には、今も信頼をよせている。

「それと」アンリはつけ加えた。「サン＝トゥスタッシュ教会[*3]（マダムの縄張りだ）のパイプオルガンを替えたいとずっと思っとるんだが、あんなケチな募金じゃ替えられやしない」

猛烈な勢いで手紙を書いていたマダムは、そこで手を止め、便せんを折りたたむと、不

＊3――十七世紀に完成したパリ一区にある教会（Saint-Eustache）。八千本のパイプをもつ世界有数のオルガンがある。

運なる女の子たちを別の部屋へやって、廊下に続くドアを注意深く閉めた。

レースや刺繍の敷きもの《ドイリー》にかこまれたアンリ・クレソンは、まるで、まだ闘牛場には出ていないというのに不用意にも英雄のように飾りたてられ、放たれた雄牛のようになっている。彼はコニャックをたて続けに二杯飲んで、この得がたい旧友、マダム・アメルに語りだした。

「さて。サンドラなんだが、最近、循環器系の発作を起こして、医師団の指示で臥せっておるのはご存じだな。それで私の義妹が……というか、親類が……というか、嫁の母親が、親切にも、私や息子とともに、客をもてなしてくれることになった。ファニー・クローリー夫人は、魅力的な女性なんだ」

「ほんとうにねえ」とマダム・アメル。「『トロワ・ドーファン』で、たまたまお会いしたのよ。お宅のパーティー用に、藁《わら》編みの椅子を買ってらしたけど、感じがよくてエレガントで、いかにもパリジェンヌね。ずいぶんお若く見えたけど……おいくつ？」

「はて、知らないな」アンリが、はたと気づいた。「いずれにしろ私の目には、若くて美しくて感じがよくて、明るくて、心をそそられる女性《ひと》なんだ。そりゃあもう、めちゃくちゃそそられる……」

「そうなの」うなずきながらも、マダム・アメルは驚きはじめていた。

「パリで、非常に有名なデザイナーの店で働いておる。名前は忘れたが。もちろん、ステータスのある仕事だ。でも実入《みい》りはそうよくはない」

そこで言葉を切ってから、アンリはいきなり言った。

「つまり、私はあの女性《ひと》と結婚しようと思う」

シルヴィア・アメルはその日、まだ宵の口から、女の子たちが顔色を変えて駆けこんでくるのに立ち会ったわけだが、今度は国の名だたる実業家であり、何百人もの従業員を抱える社長であり、そのため彼女にとっては何百人もの客をまわしてくれる上客が、正気を失ったのに立ち会った。

酔っぱらったのかしら？　マダムは肘かけ椅子から立ちあがった。

「クレソンさん」マダムは力をこめて、重々しい声で言った。「あなたご結婚してらっしゃらなかったかしら？」

「もうずいぶん前からな！」アンリ・クレソンも立ちあがって、叫びかえした。「あれはハルピュイア[*4]だ。あなたもよく知ってるだろう。街じゅうがよく知ってる。離婚ってもんがあるじゃないか、くそっ！」

アンリは腰をおろした。マダム・アメルは自分でコニャックを注いだ。

「ご本人は知ってるの？」

マダムはサンドラのことを言ったのだが、アンリの優先順位は違っていた。

「いや……ファニーは知らん。サンドラも、誰も知らん。それで相談したかったんだ」

マダム・アメルは、最初のショックの波が引いて、立ちなおってきたようだ。

「まずは、とてもうれしいわ……あたくしに最初に相談してくださるなんて、ほんとになんと光栄なこと。で、つまり、まだ何もしてないわけね？」

「何日か後にはそうなる」とアンリ。

「でも、夫人は……その、お宅のお嫁さんのおかあさまは、承諾なさったの？」

「まだだ、まだ何も話しておらん。でもこういうことは、なんというか、自然にわかるもんだろう……」

そしてアンリは、心理学者のような顔をしてみせたが、マダム・アメルは半分しか納得できなかった。

「パーティーのあいだに発表しようと思っとるんだ。全員の前でな、あれは抜きにしてだが、もちろん——なにしろサンドラは寝室だろうから——デザートのときに、喜ばしい知らせを二つ。息子の頭はイカレちゃいない。それから、私はすばらしい女性と再婚する……」

アンリはうれしくてたまらないようだ。

「まあ、なんと」マダム・アメルはそれしか言えなかった。そしてこう思った。

〈イカレてるのは、この人のほうだわ！〉

「リュドヴィックにしても、かわいそうに、あの子には母親がいなかったから、彼女に大きな愛情を抱いておる」

リュドヴィックの情熱的な愛情について、女の子たちが口をそろえて褒めそやしたり詳しく語ったりするのを思い出し、また彼の魅力を想ったりもして、マダム・アメルは椅子のなかで少し胸をそらし、目を細めて、賢明にもこの状況を推しはかるふりをした。だがこんなに常軌を逸した言動には慣れていなかったので、頭には近親相姦をめぐる決闘とか、血まみれの殺人事件などばかりが浮かんでくる。

＊4——ギリシャ神話に登場する伝説の生物。顔から胸が人間の女性、下半身と翼が鳥で、食べものに対して意地汚く下品とされる。

「でも、もしあたくしがあなただったらね、クレソンさん、そういったこと全部を決めるのは、パーティーが終わって何日かたってからにしますけど。クレソン夫人……サンドラが、最後に知らされるのはおかしいわ」

「『最後に知らされるのは、相手を寝取られた者』って言うじゃないか。おっと失礼……ファニーに唯一注意される悪いくせでな、こういう物言いは」

そして心底満足そうな様子になったので、マダムはこう言い足すことしかできなかった。

「たいしたことじゃないかもしれないわね、もちろん。でもあの方はあの方で、パリにほかの人間関係がおありなんじゃない？」

「あったら私が面倒を見る」アンリは、禿鷲《はげわし》のような顔で言った。

マダム・アメルとアンリは、コニャックのボトルをほぼ一本空け、乾杯してたがいの幸福を祈りあった。だがマダムは、もうひとこと言わずにはいられなかった。

「ねえ、すばらしいファニーと結婚するかわりに、パリで何不自由ない素敵な生活を保証してあげるのはどうかしら。そうしたら、いざこざも、あなたの奥さまの金切り声も、人にとやかく言われることも、なしですむし……」

「ファニーは高級娼婦《ココット》じゃないんだ、マダム・アメル！　ちゃんと結婚すべき女性だ」

「じゃあ、まず半年いっしょに暮してみるのはどう？　うまくいくかどうか……。だいいち離婚してから再婚するまで、三百日必要でしょ……」

アンリはめげない。

「だったらタヒチかアンドラか、ルクセンブルクで結婚する。市長が友だちだ」

「あの方、田舎はお好きなの？」マダム・アメルは訊きながら、ふらついた（コニャックのせいか、動揺したせいか）。

アンリは言いよどんだ。

「こんなふうに打ちあけてくれたな——家の外観とインテリアに統一感をもたせたら、もっとおしゃれよ」

それからつま先で立ちあがったところ、いつのまにかズボンにくっついていた敷きもの《ドイリー》が落ちたが、アンリはそのままマダム・アメルの手を取ると、口づけた。

「これはいかん、もう午前二時……。いや申し訳ない……。アドバイスをありがとう」

アドバイスって……。怒濤《どとう》のやり取りのなかで、たしかにマダム・アメルは健闘したけれど。

マダムはあまりに振りまわされて疲れはて、サン＝トゥスタッシュ教会のパイプオルガンについて、もう一度話題にするのを忘れてしまった。

10

ファニーは神経がすり減った気がして、着ていた服のままベッドにもぐりこんだ。夕食のあいだは雨が降っていたが、窓のむこうには、その雨に洗われ輝きを増したような小さな星々が、濃紺の空いっぱいに広がっている。

彼女はしばし、静かな風の音だけを聞いていた。風はゆっくりとプラタナスの葉を揺すり、ときおり、熱心な主任司祭が祈禱書《きとうしょ》のページをめくるように、葉と葉を触れあわせている。

彼女はようやく服を脱ぐと、風呂に入り、大きな声で何度も言った。

「生《なま》の羊の腿肉《もも》！　そんなのないわよ、ぜったい！」

　そしてアンリの前で、毅然と立ちあがった自分を思い起こした。哀れなアンリは、ほんとうはおもしろおかしく言いたかっただけなのだ。実際、失礼ではあったけれど、ばかにしているわけではなかった。ファニーの喉に、またも笑いがこみあげてきた。

＊

　午前四時、廊下側のドアがきしんで、ファニーの部屋にリュドヴィックが入ってきた。昼間の恰好のままだったが、それがかえってよかった。というのも、もし準備万端整えて、髭《ひげ》は剃《そ》ったばかり、きれいな部屋着で決めて、自信に満ちた愛人のようにやってきたなら、ファニーは即座に追いかえしただろうから。

　ナイトテーブルのランプをつけると、彼は部屋の奥の窓辺に憔悴《しょうすい》した面持ちで立ちつくしており、ベッドに飛びこんでくるというより、今にも窓から飛びおりてしまいそうだった。

「リュドヴィック……」

本能的に、彼女は声を落としてささやいた。いちばん近いフィリップの部屋でも二部屋むこうであるのだが、ドラマチックな過去をもつ彼も、ドアを開けっぱなしにしているのか、今は機械の音みたいないびきが聞こえてくる。

リュドヴィックは髪もぼさぼさ、シャツにも皺《しわ》が寄って、昼間と同じ栗色のモヘアのセーターのままだ。

〈あれがいちばん好きなのね〉

そう思ったとたん、自分が彼のワードローブを知っているのに驚いた。だが実際、その栗色のセーター、くすんだ赤のシャツ、コーデュロイのズボンに、ほぼおろしたてのモカシンという恰好は、彼女のなかにあるリュドヴィックの姿そのものだった。

ファニーはリュドヴィックに、すわるようにと合図した。

「朝の四時よ、リュドヴィック。なのに着がえてないし……寝てもいない？」

はじめは明るかった声が、思わず重たくなっていく。まるで自分の言葉に興味をもてなくなったように。

リュドヴィックは手で彼女を制止した。ほとんど荒々しく、アンリがよくやるように。

「ひとこと言いたくて来た。もしあなたの気にさわったり、不愉快にさせたりするようなことをしたんだとしても、わざとじゃなかった。ぼくは朝から探してたんだ、あなたを……それなのに、見つけたのはよそよそしい目、よそよそしい声。ぼくはあまりに不幸だ。それだけ言いたかった」

最後の言葉で、リュドヴィックは顔をあげると、ファニーをまっすぐ見つめた。

「ね」彼は続けた。「あなたはぼくを愛してるわけじゃない、まだ――そう思ってた。でも愛してくれた。で、ぼくたちはたがいに満たされた……」

「そうね」ファニーは言った。

彼に満たされたのは、ほんとうだったから。その彼が、今は足元でなかば寝そべっているのも心地いい。

「わたしはカンタンしか愛したことがなかった。夫ね」ファニーは続けた。「何よりあの人は、わたしを守ってた。世間から、人々から……。それが今、わたしは一人で暮してる。で、そう稼いでるわけじゃないし、守られたいと思ってる。わかる？」

彼はうなずいた。が、彼女から目を離さなかった。そしてそれは少しも気づまりな視線ではなかった。

「でもね、守られなきゃならないのはあなたなの。あの人たちから……」（彼女は手でぐるりと円を描いた）あなたにああいうことをした人たち、あなたをばかにしたり疑ったり、あなたの品位を落としたりした人たちから。みんな、あなたに毎日でもあやまるべきなのに……まずはわたしの娘ね……。だいいち」と彼女。「わたしは息子も、ひざまずく愛人も、いらないの」

リュドヴィックは立ちあがると、窓辺に行った。

「そのとおりだ」押し殺したような声。「みんなが怖かった……今も怖い。もしまた送りかえされたら？　電話一本ですむことだってマリー＝ロールは言ってる……。でもあっちにいたとき、外の人で知ってるのはあの人たちだけだった。ぼくを出そうとしてくれたし、ぼくに会いにきてくれた唯一の人たちだったと思う。ね？　親父、妻、継母……。あの人たちがいなかったら、ぼくは今も、たぶんあっちにいた」

一瞬、沈黙が広がった。ファニーは姿勢を正した。

「でもあなたを退院させたのは、お医者さんたちだったでしょ……」憤慨して、彼女は口を開いた。

だがこのとき、彼女のなかで何かが崩れたのだ。彼女はつぶやくように名前を呼んだ。

「リュドヴィック」

おそらく手招きのような身ぶりとともに。なぜなら一瞬後《のち》に、リュドヴィックは彼女の腕のなかにいて、彼女がわれ知らず流した涙にキスし、人が彼にした仕打ちすべてについて——彼女には耐えられなかった仕打ちについて、彼女を慰めていたのだから。

「ああ、かわいそうに……」

深いやさしさとともに彼女が言うと、それは口づけで覆《おお》われ、リュドヴィックの両手は、はじめはそっと、それからせわしなく、つづいて性急な動きに変わっていったのである。

ランプが消され、女は男の熱い頭からセーターを引きぬき、男は自分でシャツを剝《は》ぎとり、ズボンと靴はそれぞれに投げだされ、いくつもの愛の言葉が、幾筋もの涙が分かちあわれて、唇と唇が重なりつづける。あとは二つの体が、二枚の葉が、二枚のページが、くり返し触れあう音ばかり……。そして夜明けとともに、風が、あの風が、立ちのぼったのだった。

11

アンリ・クレソンは、家からも、妻からも身を隠すように帰宅して、自身の浴室に直接つながっている廊下の小さなドアをすり抜けた。そして抜き足差し足で寝室に入ったが、それはコニャックをしこたま飲んで、おおいに気分が高揚した者がやっている抜き足差し足にすぎなかった。

隣りの部屋と行き来できる内部のドアが二つとも、妻の愛からなのか、きびしさからなのか、わずかに開いており、そこから妻のいびきと口笛みたいな寝息が、かわるがわる聞こえてくる。それが信頼と健康のあかしのように思えて、アンリのなかには恥の意識のごとく、お人よしな後悔の念がわき上がってきた。

彼は書きもの机のほうに向かった。見るからにモダンだが、高級家具とからくりのマニアだった祖父、アントワーヌ・クレソンが作ったものだ。引きだしの上の部分を押さえつけながら、机の脚を思いきり蹴ると、三番めの引きだしが開く……などといった仕掛けになっていて、そこに書きかけの遺言書が入っている。パリの法律家《メートル》ロコンヌ父子公証人役場にも、同じ文書が同じように静かに眠っている。

アンリ・クレソンは、その書類をベッドに置くと、服を脱いで、続きを認《したた》めはじめた。

*

翌日、ファニーは買いものに出かけたが、トゥールではなくオルレアンまで足をのばした。人に知られていない街のほうがよかったからだ。そして『社会における疎外』、『法と精神疾患』といった本をあれこれ買いこみ、カフェでざっと目を通して何か所かに下線を引いてから、ラ・クレソナードに帰り、リュドヴィックのベッドの上に置いた。

途中、娘の部屋を通ったときには、その快適で贅沢《ぜいたく》な暮しぶりや、パリから持ちこんだ洗練の数々が目に入り、かすかに震えが走った。それに比べて階下にあるリュドヴィックの部屋は、兵士の部屋、それも無人の部屋のようだ。けれど彼はここで暮してきたのであり、今も暮している。

そのときファニーの耳に、娘がリュドヴィックについて話すときの口調がよみがえってきた。なんといっても夫なのに、ともに寝てともに暮してきた夫なのに、今では高級感《プレステージ》のない建築資材みたいな扱いをする。

だがファニーは、彼の男性としての魅力を知っているのだ。

「昔のお友だちとお昼を食べてくるから」――ファニーはそう言って出かけたが、周囲は漠然と疑いを抱いた。フィリップは、そこらじゅうで嘘を嗅《か》ぎまわっているから。リュドヴィックは、彼女がいないとさびしかったし、いかなる彼女の嘘も致命的な痛みになるから。そしてアンリは、トゥールよりも遠くへ、いったい何をしに行くのかよくわからなかったから。

午後二時、リュドヴィックはファニーのいない部屋にやってきて、まっすぐベッドに向かった。ベッドはシーツが伸ばされ、整えられていたが、それをめくると皺《しわ》くちゃで、二人の長い夜の痕跡が現れた。

よろい戸は開けられたまま、ファニーの衣類がそこここに散らばって、浴室にはネグリジェが脱ぎ捨てられている。それがまるで自分を待っている彼女のように、リュドヴィックには思えた。ほのかなバラ色のロング丈《たけ》で、くしゃくしゃのまま椅子に掛けられていて。これまで彼を待っていたネグリジェなど一枚もなかったし、これからもないことだろう。リュドヴィックは思わずそれを頬に押しあて、髪のあたりまで持ちあげると、そこに顔をうずめた。

背後で何者かが咳をしたとき、彼は文字どおり跳び上がった。ふり向くと、マルタンがいた。平然として――見方によっては、間抜け面で。

奇妙にも、二人のあいだの年月と沈黙のおかげで、リュドヴィックはこの執事が好きだった。おとなしい人だと感じていて、それはつまり、家族のほかの面々とは違うということだ。

二人はまじまじと見つめあった。やがてリュドヴィックは、動揺を隠せないまま、自分の罪悪感を見せてしまったことを後悔したが、もう遅い。ゆっくりと、彼はネグリジェを椅子に戻した。

「きれいな生地だ」

未練を残すように、彼はつぶやいた。あたかも、心底同じものが欲しいとでもいうかのように。

途方に暮れていたマルタンは、そこで同じような憧憬《ノスタルジー》の色を浮かべたので、リュドヴィックは思わず笑いだした。そしてまたネグリジェを手に取ると、マルタンの胸元に当ててやったが、もったいぶった様子の禿頭《はげあたま》では、そうときめく姿にはならなかった。マルタンは、鏡に映った姿を一瞬じっと見つめ、表情一つ変えずに、その夢の衣をリュドヴィックに返した。

「これは女性を美しく見せることでありましょう」

そう言って、リュドヴィックをびっくりさせながら。

というわけで、ふと漂ってきた強烈で複雑な香りにも、リュドヴィックは気がつかなかった。その香りはつまり、どこであれ継母サンドラがやってきたと告げるものなのだ。「アイーダ」の曲で鳴り響くトランペットのように。

サンドラは、凝《こ》った枝葉模様《アラベスク》の部屋着をゆったりまとって、浴室の入り口に現れた。

後ろには、どっしりした昼間の看護師が付き添っているが、見るからに咎《とが》めるような顔つきだ。

「あなたたちのどちらが、そんなパステルカラーを取り入れるつもり？」笑いもせずに、サンドラが訊いた。「パーティー用？」

リュドヴィックとマルタンの声が混じりあって、サンドラの疑いを一掃しようとした。

「とんでもない、どっちでもありませんよ……。ちょっとふざけてただけです！　マルタンが洗礼式に、こんな色のを着てたらさぞかわいかっただろうなって、ぼくが言ったんです。マルタンは今でも、子どもっぽい顔になると、とってもかわいいし……」

リュドヴィックがそこで言葉につまったので、サンドラは執事にさっと目をやり、自分の知っている頑固なこの使用人《ギャルソン》に、子どもっぽさなど表われたことがあるのだろうかと確かめる顔になった。

「いずれにしても、青いのを着てたでしょうね。男の子《ギャルソン》だったんだから。子どもっぽいかどうかはともかく。で……」ため息をつきながら言うと、彼女はリュドヴィックのほうを向いた。「義理のおかあさまは、おでかけ？」

「義理のおかあさま？」真ん前にいる義理の母しか見ていなかったリュドヴィックは、面食らった。

「ええ、あなたの義理のおかあさま！　あたくしじゃなくて。当たり前でしょ、ファニーのことよ、あなたの奥さんの、マリー＝ロールのおかあさま……」

「あ、そうか……」リュドヴィックはにっこりした。「そうかそうか」

　マルタンが後ろから押すので、リュドヴィックは浴室から出ようとしたが、入り口にはサンドラが立ちはだかっている。三日前から顔の血色《けつしょく》はやわらいできたものの、それでもまだ赤くて、野獣派の絵を思わせる。印象派ではなくて。

「ファニーか、そうだよ……ファニーだ。おかしいな、親のようには思ってなかった」

「奥さま、失礼いたします」突然、執事が割って入り、入り口まで進み出た。言いしれぬ危機が迫っているのを感じとったのだ。

「あら、マルタン、急いでるの？　あなたたち二人とも、このバラ色のをどうするつもりなのか教えてくれないの？　まあいいけど！　それにしてもこのお部屋、ずいぶんがらんとしてるわねえ……」非難するように頭を振って、バラ色のものについての話題はそこで打ち切りとなった。「ファニーったら気の毒に、パリじゃ百平米もないお部屋なんでしょ。それがここで、あたくしが選んだ家具にかこまれて！　ほんとにねえ……」

12

空は淡い水色に染まり、翌日になると、コート・ダジュールのような紺碧《こんぺき》になった。

そしてサンドラの顔色は、生肉より青あざを思わせる青黒さに変わった。その立派な横顔が、もうさほど血の色を思わせなくなったことに勇気づけられて、サンドラは午後ブリッジ[*1]をするというお触れを出し、ファニーとマリー＝ロールを自室に招待した（この家の男性陣は、熱烈なブリッジぎらいだった）。二人はもう何年もブリッジをしておらず、どちらかというと弱かった。

そこに王妃が——ド・ボワイヨー夫人という名からそう呼ばれているのだが、サンドラによると、それは「ルイ十六世の大叔父からいただいた名字」であり、そのおかげで「ギロチンにかけられずにすんだのよ」――加わって、ブリッジをする四人目となった。

そのためリュドヴィックは、田園地帯を散歩しようとしていたのに、ファニーとは行けなくなってしまった。

ブリッジのプレイヤーたちは、ベッドに重ねた枕にサンドラが身を落ち着けているのをかこんですわり、マットレスの柔らかさで体を傾かせながら、ペアの相手と向きあった。

リュドヴィックは気持ちを静めようと、隣りの壁でテニスの壁打ちを始めた。ところがボールは案の定、あらぬ方向へ飛んでサンドラの部屋の窓を割り、みごとな新教徒《ユグノー》たちの小像を粉々にして、サンドラの罵声《ばせい》を浴び、ブリッジで髪を振り乱していた哀れな王妃の罵声も浴び、妻には叱責されるはめとなったのだ。だがファニーからは、今にも笑いだしそうな目を向けられて、せめてもの慰めとなった。

＊1――四人のプレイヤーが二チームに分かれてペアで戦うトランプのゲーム。時計まわりに一枚ずつカードを出し、最も強いカードを出した人が勝ちで、一回のこの勝ち負けをトリックという。カードすべてを使って、より多くのトリックを取ったほうが勝ち。加えて「オークション」はじめ詳細なルールがあり、知性とコミュニケーション能力が必要とされ、社交の場でよくおこなわれる。

リュドヴィックは森に向かった。そしてアンリは、昼食後の昼寝を続けた。

ブリッジは、このほかにハプニングが起きることもなく、勝負が進んでいった。王妃は日ごろからこのゲームに明け暮れており、賭けに勝った金額を背負えば背中が曲がるほど大儲けして、夫の待つ美しい邸宅に帰りつくのが常だ。邸宅はヴィラボワ[*2]と呼ばれ、夫にとっては玉座の一つ手前の居場所であるのだろう。というわけで、ゲームの初心者みたいなパリジェンヌ二人が相手なら、うちのスイスの衛兵[*3]へのお給料が軽く稼げるわね、と王妃は思ったのだった。

マリー＝ロールとファニー、サンドラと王妃がそれぞれペアになったのだが、実際のところは、このロイヤルゲームで、ファニーはびっくりするようなすばらしい手、つまり決定的な手を出しつづけた。妃殿下は、いらだちながら挽回《ばんかい》しようとしたが、できなかった。

そして夜の八時ごろ、サンドラは何やらぶつぶつ言い、マリー＝ロールは愉快そうに大喜びしながら、母親といっしょに勝ちとった額を大っぴらに数えあげた。

「ああびっくり」とファニー。「おもしろいわね、ブリッジって！　クラブのクイーン一枚で、パリのお家賃三か月分になるなんて」最後の華々しい切り札のことだった。

王妃は破産して国外追放されるかのように、落胆し、傷つけられ、負けた分を払うと、挨拶もそこそこに帰っていった。

「わたしたち、戴冠式で王妃の侍女にはしてもらえないわね」ファニーがおどけた。

「こんなはしたないゲームをしたのは、あたくしじゃありませんから」とサンドラ。

「そうね、でも全部で一万フラン[＊4]になります」マリー＝ロールはきっちり計算し、気が進まなそうな義母に、面とむかって清算を要求した。

義母は清算せざるをえなくなった。マリー＝ロールは言い足した。

「そうそう、ありがとうママ、ペアを組んでよかった」

「ゲームで幸せ、愛には不幸せ」サンドラが、思いがけず陰険なことを口走った。

そのとたん、リュドヴィック・クレソンのもう一人の義母が、彼女らしくもなく大笑いしたのだ。ペアにも対戦相手にも、理由のわからない大笑いだった。もう一人の義母は、

＊2――Villabois。森の邸宅といった意味から成る名前。

＊3――歴史上、スイスの傭兵は各国の軍隊や貴族の衛兵として名をあげ、現在でもバチカン市国でカラフルな制服に身を包み、ローマ教皇の護衛を務めている。ここでは王妃の邸宅の執事か門番をそのように呼んでいるということだろう。本人の自負する身分の高さが誇張されていて、笑いを誘われる。

＊4――フランスでは二〇〇二年にユーロが導入された。この物語の舞台はそれより前の時期ということになる。

その場をあわただしく立ち去ると、自分の部屋へ避難するように階段を駆けのぼっていった。

＊

その部屋のドアを、リュドヴィックは鐘の音が響きだす前にノックした。

ファニーは、せっかくわたした何冊もの法律の本が、彼には眠気しかもたらさないと知った。そして彼が受けた不当な扱いについて、その権利の回復を引き受けるのはどうやら自分になるようだと気づいて、一瞬、完全に気持ちがふさいだ。

彼女はこれまでカンタンに守られ、その死後は、自分で自分の生活を引き受けなくてはならなくなっている。それだけでも容易なことではないのに、加えてこの青年の権利を守るはめになろうとは。

彼には、自分の権利を守らなくてはならない日がくるにちがいないのだ。この家族のものの考え方には、底知れぬ恐ろしさがひそんでいるのだから。何かあれば、彼がいたあの静かで安全な地獄の一つへ、いかなる理由をつけてでも送りかえすという恐ろしさが。

だから彼は、例のパーティーにも目をそむけ、パーティーを思い起こさせるような話題はできるだけ避けている。招待客の人数を考えるだけで気が滅入《めい》るし、見も知らぬ人たちが大勢いるだろうし。それも自分を品定めしに来て、サンドラのどんな計略にも加担する人たちなのだ。父親はといえば、無関心だから頼りにならない。

ファニーは悲痛な思いとともに、自覚した。サンドラにしても、体調が回復して顔色もほんのりしたピンクになってきたとはいえ、ファニーをこの務めから解放してはくれないだろう。今やファニーの愛人となったこの青年——非常識なところがあり、責任を問われず、無防備なこの若い愛人を、守るという務めからは。

リュドヴィックに命を吹きこんだ唯一のエネルギーは、ファニーへの情熱だ。だが彼はその情熱を、もう三十過ぎというのに、少年のように持て余している。ファニー、この上なく素敵なファニー、非の打ちどころのないファニー。そのファニーが突拍子もないブルジョワ喜劇に巻きこまれ、突如として責任と罪とを負わされている。

とはいえ、彼女はリュドヴィックに、今しがたのロイヤルゲームの顛末《てんまつ》をじつに楽しそうに話して聞かせ、彼を笑わせるあまり、自分でも声をあげて笑った。だがすぐ自己嫌悪におちいった。自分の感情を持続させるのも、感情に注意をはらうのも得意ではないのだ。

これまでもある精神状態から次の状態へ、いつもつまずくようにしながら移ってきた。それでも、幸福な気持ちが根底にあることだけは揺るぎない。

「そこが彼女の魅力なんだ」カンタンは周囲にもよくそう言ったものだ。

そしてパーティーの準備や、リュドヴィックのこれからを案じるなどの義務にかまけていたこの数週間のうちに、この家の主人である「旅する禿鷲《はげわし》」の——つまり自分の愛人の父親の、激しい恋心を目ざめさせてしまったことも、彼の運命の女《ファム・ファタル》になったことも、ファニーはまだ知らなかった。

すべてが、パリでなくトゥールで起きているというのも、どこか非現実的な感覚につながっていた。外の世界に対しても、愛をめぐる失敗《ミス》に対しても。

だが彼女には、わかっていた。一貫性のないその感覚は、完全に誤りであると。

その日の夕食の席には、ファニーとリュドヴィックが最後につくことになった。二人はふざけながら階段を下りてきたが、リュドヴィックの手は義母の肘《ひじ》にしっかり添えられており、責任をもって彼女を守っていることを示していた。

先にテーブルについていた面々は、遅れたうえに砕けた様子で現れた二人を咎《とが》めるように、不審げな目を向けた。何らかの罪状を示したり、あらわにしたりしかねない目だったが、不意にファニーは笑いだして、よけいに印象を悪くした。そのうえリュドヴィックの椅子の下に、なぜか犬が寝そべっていたのである。

「あなたがたが最後ですぞ！」アンリは、ファニーの前で立ちあがってわめいた。「ところでフィリップ、きみの姉貴――私の妻だが、今日はいくらか赤みが引いてないかね？」

「サンドラはもう全然赤くないです」ファニーが安心させるように言った。「むしろ白くなって、ちょっと青ざめてきたぐらい。明日になって……」

「……明日になって、もしあなたが、妻と哀れな王妃の恥知らずないかさまをほんとうに阻《はば》んだら、リンドラは黄色くなるでしょうなあ……」

愛想のいい声だったが、ファニーはその内容に驚いた。

「この家でのゲームのルールには、あんまり信頼がおけないようですね」フィリップが口を出した。「ええ、言ってることはちゃんとわかってますよ、幸いにも。僕も若かったころは、徹夜でポーカーをしたもんです。ハリウッドの映画王にしてポーカーの王者、ジャック・ワーナー[*5]と。この話、したことありましたっけ？」

そして返事を待たずに――返事はわかっていたから。なにしろ今、即興で作りあげている話なのだ——続けた。「金の亡者《もうじゃ》が三人いましてね、とはいってもハリウッドでの第一人者ばかりだったんですが、僕をゲームに加える前に、三人のうちで誰が僕をこてんぱんにするか——最後の一ドルまで搾《しぼ》りとるか、賭けをしてたんですよ。ハリウッドでは、ずいぶんいらつかされたもんです（ここでフィリップは笑いだした）。で、映画の役をもらうのはあきらめて、金はないけどすばらしく美しい女に夢中になった。金なら僕が持ってたし。つまり……」

「つまり」などとまとめる話は何もなかったのだが、それにしてもここで、フィリップは犬に話を打ち切らされた。リュドヴィックが退屈のあまり、組んでいた脚をもう二度もほどいていたのだが、その二度めが犬を直撃したのだ。

突然の吠え声、あ然とする顔また顔、途切れた話——。そのせいだったのか、アンリ・クレソンが、思いがけない反応を示した。

「おお、かわいい犬だな。どこから来た？　ないしょで来たのか？　利口《りこう》だな、ここは暮しやすい家だぞ。なあ、ファニー？」

そして色目を使ってほほえみかけたので、ファニーはぎょっとした。

「ここは、おまえにとって最高のお家《うち》よ」それでも彼女はそう答えて、犬をやさしくなでてやったので、犬は喜び勇んでテーブルのまわりを一周し、一人一人に顔を見せた。

だがフィリップとマリー＝ロールのことは、慎重に避けたのだ。二人の無関心を嗅ぎわけたかのように。そして賢明にも、この家の主人の足元に落ち着いた。賢明にも、というのは、主人は犬について、まずは賛同が得られたようでほっとしたものの、置きものや飾りもの、とりわけ一トンもの重さがある装飾品を心配して身を震わせながら文句を言ったり叫んだりするサンドラの声が、もう聞こえてくる気がしていたからだ。

〈でもまあ、離婚するんだから〉アンリは思った。〈ファニーは犬が好きなようだし。なんて素敵な女性《ひと》だろう！　ああ、なんて素敵な！〉

犬を見つめると、その目には無邪気さと愛情があふれていて、アンリは消せないしみのようだったサンドラの冷たい目を、あたたかな気持ちとともに忘れることができた。

〈ああ、一人きりでこの家にいられたなら〉

そう思うと、自分自身について、なぜか涙があふれだしたのである。

「いい子だ……」アンリは涙を隠そうとして、犬の上にかがみこんだ。「何て名前だ、こ

＊5――（一八九二―一九七八）映画会社ワーナー・ブラザースを設立したワーナー兄弟の四男。

の犬は、マルタン？」彼は突然叫ぶと、立ちあがっていつもの不機嫌に戻った。「名前は？　おれの家に、知りもしない犬を入れたとは言わさんぞ！」

「ガナッシュ[*6]です、旦那さま」マルタンは冷ややかに答えた。

おごそかに名前が披露されたのに、ファニーがこらえきれないといった感じでまた笑いだした。それは、「間抜け《ガナッシュ》」という侮辱の言葉を引き金に、ラ・クレソナードのいかめしくも奇天烈《きてれつ》な居間に響いた笑いであり、この屋敷に着いてから押し殺していたのが爆発しはじめた笑いのようでもあり、もし中世だったなら、居間の天井が崩れ落ちたかもしれないような大笑いだった。

マルタンは、主人が汚い野良犬などにほろりとしたところを見て、眉をひそめながらキッチンへ戻っていこうとした。そしてこの屋敷に来てはじめて、サンドラのことを感謝の念とともに思った。ガナッシュを追い出してくれるのは、彼女であろうから。

だがサンドラの取柄《とりえ》について深く考える間《ま》もなく、アンリ・クレソンの高圧的な声で、マルタンはアニメに出てくる人物みたいにデザートをささげ持って、食事室に引きかえした。一同は疲れた様子だった。アンリ・クレソンでさえ（ファニーがこらえきれずに笑ったのが、ほかの面々にもうつって、全員がもうリラックスしていたけれど）。〈求婚する禿鷲〉となったアンリも、自ら離婚して、たがいに再婚しようと今晩ファニーに告げる元気は残っておらず、そういう気分でもなくなっていた。

アンリは、ガナッシュに思わず涙したことが、自分でもよくわからなかった。疲れていたし、アルコールを何杯も飲んで神経も高ぶっていたし、ロイヤルゲームの話があり、犬が急に現れて、ワーナーたちとのポーカーの話まで聞かされた。話は尻切れトンボに終わったから、ハリウッドでのフィリップの大勝利に拍手せずにすんだが、それでもくたびれ果てている。

そこで、アンリは葉巻に火をつけた。その日の最後の一本と思いながら。

フィリップはタバコの類を吸わないが、リュドヴィックは入院していた最後の施設から、おそらく患者向けと思われる変わったタバコを持ち帰っていた。ときにはユーカリみたいな、ときにはマーマレードみたいな臭《くさ》い煙が出るタバコだ。施設で吸うことを許された者

＊6――ガナッシュはチョコレートと生クリームで作ったお菓子やクリームのことだが、「間抜け」「能なし」という意味もある。

たちは、そのときはこれをとことん吸うのだが、ふたたび手にとろうとはしなかった。そう、アンリは明日になるのを待って、将来のことをファニーに告げるつもりだった。それで彼女の手に口づけをして、耳元でこうささやいた。

「信頼、ですな……」

　上流社会の女性であるファニーは、驚いたようだ。

「おやすみ」と言ってから、アンリはリュドヴィックを見た。「ああそうだ、忘れておったが、おまえ、おかあさんの部屋の窓ガラスを割ったらしいな」

「もうちょっとで王妃も打ち倒すところだったのよね」ファニーが笑った。「それで王妃を、サンドラの隣りに寝かせたんです。並んだ姿はまさに、赤と白《ル・ルージュ・エ・ル・ブラン》*7……」

「告げ口したのは誰？」急にリュドヴィックが、顔をくもらせながら訊いた。

　マルタンが、うやうやしい態度で、フィリップをじっと見た。

「僕は昼寝をしてたから」フィリップは尊大な調子で言った。

「じゃあ？」とリュドヴィック。

　マリー＝ロールが、怒りと恥ずかしさで赤くなった。すでに中学時代に告げ口をしたことがあり、高校時代、リセ・シュフランでも密告をして、友人たちから仲間はずれにされたことがある。

「あの」ファニーがすばやく割って入った。「トゥールの小さいオーケストラが、パーティーでは喜んで演奏しますって」

アンリは肩をすくめた。

「そんなのでいいのか？　おれはハリウッドからでもラスベガスからでも、人気のミュージシャンたちを呼べるぞ。ついでに、フィリップの耳よりの情報もな」

「ぼくはトゥールのオーケストラがいい」とリュドヴィック。「昨日、ちょっと聴きに行ってみたんだ」

「おれは」アンリが、がなりたてた。「工場に来させたんだ。集会場でやってもらったが、上手《うま》かったし、盛り上がった」

「あんまり盛り上がったら、ミロのヴィーナスが倒れちゃうかも」ファニーがほほえんだ。「そよ風が吹いてきただけで、揺れてるんですもの。お客様に危ないです。そもそも腕のせいね、たぶん、全体のバランスが悪いのは」

＊7――スタンダールの『赤と黒《ル・ルージュ・エ・ル・ノワール》』をもじっているのだろう。ワインの赤と白を思わせもする。

〈この女性《ひと》は、あらゆることに気がつくんだ〉アンリは胸いっぱいになりながら、思った。

「言ってることがわからないんだけど」マリー＝ロールはいらいらしている。

「ヴィーナスには、気の毒なことに、腕がないんですよ。知りませんでした？」フィリップが、してやったりとばかりに浮かれた。

　マリー＝ロールは立ちあがった。

「知ってるわよ、それぐらい。何でもあたしに教えようとするのはやめてちょうだい、フィリップ」

　ファニーもみんなもにっこりしたのに、マリー＝ロールはそのまま出ていった。自分の教養について自信がないだけに、些細《ささい》なことでも気にさわるのだ。

「おまえの奥さんは、台座からすべり落ちたようだぞ」アンリが息子に言った。「おれといっしょに来い。犬だけ連れてサンドラの寝室を通ったら、ろくでもないことになりそうだから」

〈でもおれは離婚するんだ、ありがたいことに〉アンリはまたもそう思いながら、ガナッシュを従えて階段を上った。

　ガナッシュとしては、ほんとうはリュドヴィックのほうについていきたかった。というか、そう、こんなにもやさしくて、こんなにもいい香りのする女性《ひと》についていきたかったのだ。でも雨に追われて来た身としては、なかば脅《おど》しているようなアンリの権威に従うしかなかった。

リュドヴィックとファニーは、二人きりになったとたん、わけもなく可笑《おか》しくて、お腹を抱えて笑った。それから庭に出ると、いちばん遠くのベンチにすわった。笑いもだいぶ落ち着いたころ、フィリップがやってきた。そして三人で、アンリの寝室の明かりが消えるのを眺めた。

ところがそのとき、今度はサンドラの寝室の窓に、明かりがついたのだ。

外の暗がりのなか、三人は立ちあがって目を輝かせ、大喜びして笑った。人生が、ふたたび人生らしくなってきた。三人は、愛情のこもったまなざしを交わした。涙ぐんだりはせずに。フィリップのまなざしなど、ほとんどやさしさに満ちていたと言っていい。彼は、ただつぶやいた。

「姉貴がガナッシュに気づいたら……」

13

ガナッシュが、夜の闇にむかって最初の遠吠えをしたのは、まさに三人が有頂天になっていたときだった。三人の笑い声もこだまし、近隣の犬たちはガナッシュに応《こた》え、何重唱にもなった遠吠えのなかに、ヒト科女性の悲鳴が響きわたった。

リュドヴィックの手が、ファニーの腰に置かれているのをフィリップが見たのは、くつろいで大笑いしていたこのときのことだ。そして彼は、ガナッシュの遠吠えとともにすべてを理解したのである。

フィリップが二人の関係を見抜いたのは、遊び人ならではの勘と、もめごとをおもしろがる性分からだったのだろう。三人で笑っている最中に、若い義母の腰を行ったり来たりしたリュドヴィックの手は、どんなに淫《みだ》らなつかのまの情熱よりも、二人の仲をはっきり物語っていた。

人々は、一般大衆は、社会は、他人は、直感というものを信じる。それは漠然としているがゆえに——いずれにせよ、いつもの印象や幻想とは違っているがゆえに、信じるのだ。

白昼の口づけなら、ふざけているようにも見えるかもしれない。だが、夜ささやかれるわずかな言葉はそうではない。テレビや映画では、想像したこともない露骨さで、うしろ暗《ぐら》い幸福が描かれるのを見もするが、現実の暮しでは、人は知るより、さらには理解するより、驚かされるほうを好む。また誤った印象を、ほんとうのことより鋭く感じるのもよくあることで、あたかも嘘のいやらしさが偽りの事実を取りかこみ、ありそうもないことであるがゆえに、その事実をいっそう否定できないものにしてしまうかのようだ。

だがファニーは、フィリップの視線に気づいたとき、そこに自分の体面を傷つける表情ではなく、むしろ称《たた》える表情を感じとった。同時に彼女は理解したのだ。フィリップの想像のなかで、自分はこれからずっとリュドヴィックに抱きしめられていると。そしてそれを否定する力も、憤りも、今の自分にはないと。

空が輝いた。いや、輝きを失ったのだろうか。田園地帯全体が偽りの色を帯び、密告者となり、起こったことそのものを映しはじめた。

真実はそこに、リュドヴィックのツイードと、ファニーのシルクのワンピースのあいだにあった。二人のあいだをたゆたうまなざしは、ともに一度も目を上げなくとも、そこに官能の真実があると示している。

ファニーから、何もかもが遠のいていった。カンタンの死も、ごくたまの愛人たちも、海辺のリゾートも、戯れの恋や快楽も。そしてこのとき不意に、ファニーは、自分で自分を欺《あざむ》いていたものを正しく認識せよと、心の声に迫られているのを感じたのだ――自身の欲望を。永遠に彼女の虜《とりこ》だと思いこんでいる男の子のことが、ほんとうはどうしようもなく好きだということを。自分も、誰かをこんなふうに思うのは初めてだということを。

純朴《シンプル》な人ならではの勇敢さで、彼は欲しいと思う女性《ひと》を愛し、自分の心を動かす女性を認め、むだに悩むことなくその女性に身をゆだねた。ばか正直に。というのも今の時代、そんなことができる人、そんな勇気や愚直さのある人は、もういない――いや、いたとしても、稀《まれ》なのだから。

フィリップの笑い声から、精彩が失われた。逆にリュドヴィックの笑い声は、不思議にも開放的になり、より低く男性的に響いて胸に迫るものになった。ではファニーの笑い声は？　自分では社交的、表面的で若さもなく、目の前の二人とは違うと思っている。貧相《ひんそう》で滑稽で、自分で思う自分と同じだと感じている。しかしもはや過ちは、認められないこととか無分別であることにではなく、臆病さにあるのだ。

一方、リュドヴィックのこの新しい笑い声には、男らしさが——力や決断や、そして短慮なところさえ——含まれていた。それはこの欲望の代償で、彼本来の性格でもなければ、世間にむけてかぶる仮面の一つでさえなかったのである。

*

夜は長く、陽気に続いたが、フィリップがあらぬ発見を、ファニーは真実を発見したために、そこから先は十五分に凝縮された。

リュドヴィック一人がリラックスしていた。寄り添っていたファニーが自分の肩から身を引いても、傷つきはしなかった。彼女とのあいだにあるものを、突きとめ、強めて、勝ち取ったかのようだ。

ファニーは自分の気持ちを理解し、受けいれた。そして、まるで繭《まゆ》のようにずっと自分を守っていた彼のツイードから離れたのだ。

リュドヴィックは、義兄の——じゃなくて義理の叔父の、つまりフィリップの視線にも、何も感じなかった。リュドヴィックにとって、フィリップは退屈と虚言癖のかたまりでしかなかったが、サンドラには必要とされているわけだ。

〈ちょっとどうかしてて、嘘ばかり言ってるけど、いいやつだ〉

リュドヴィックはいまだに、死語になったような表現もよく使う。まず寄宿舎で覚え、パリのナイトクラブで語彙《ごい》を広げ、なぜかその後の精神科病院や施設でも身につけた。たとえば「いいやつ《ボン・ジグ》」とか「いかしたやつ《ジグ・エバタン》」、体つきから「あれが大人の女だ」、実業家の父のまねをして「こういうのがタイプだ」。

妻であるマリー＝ロールについては、出会ったときの「それでもすばらしい人だ」という表現を口にしなくなって久しい。サンドラは「なかなかの女」。ファニーだけが、どのような形容詞やレッテルや、あげつらいからも解放されている。とはいえ、こうした場合、何も言わずにいるのがいちばん賢明だ。

毎晩、一日の終わりには、サンドラの言う「子どもたち」――リュドヴィック、マリー＝ロール、フィリップ、ファニー――は頬にキスをし合う。同じ屋根の下に重々しく手ごわい女主人がいるので、本能的に身を寄せあうのだが、それにしてもめったにない機会ではある。人は子ども時代、無意識で不安で、理解力もないために、長じて連帯するように身を寄せあうのだろうか。

だがこの晩、フィリップはファニーに対して頬にキスはせず、手に口づけた。安楽と退屈で押しつぶされそうなこの田舎で、ファニーは思いがけないドラマのなかの、罪あるヒロインとわかったわけで、フィリップにとって、それは尊敬すべきことだったからだ。

そしてそのファニーは、フィリップの義理の甥リュドヴィックの、よく剃《そ》れていない頬にキスしながら、あきらかにぎこちなさを示した。フィリップにとっては、これで彼女の罪がいま一度証明されたのであり、リュドヴィックにとっては、柔らかくていい香りのするファニーの頬に唇をつける絶好の機会となった。その香りをはじめて嗅いだのは、トゥールの駅でのこと――以来、彼には、世間で売られている女性の香水は、これしかないように思える。

この晩リュドヴィックは、自分が格別に若く、幸福で、ファニーに夢中だと感じていた。

これまで麻痺《まひ》していたようだった感受性や、愛に対する分別のない行動も、ましになっているように思われる。笑いもまたそうだ。「笑いは愛に固有のものだ」とは誰かの言葉だが、たしかに、笑いほど道徳《モラル》というものを軽んじたり骨抜きにしたりするものはない。

リュドヴィックは、無意識にファニーの腰にまわしていた手をほどくと、今度は彼女の両肩を抱いた。そしていっそう寄り添い、彼女のほうへ身をかがめたが、その頬があまりに近くに迫ったので、自分の口にちょうどいい高さになるよう、ファニーを従わせた。ファニーは彼を押し返さないかぎり、不意に後ずさりしないかぎり、彼女の額と彼の顎がぶつからないかぎり、この後の唯一可能な動きは、顔を少し上向きにして、斜め上から唇にキスされることだった。

その緊張から、ファニーはいっそう美しくなり、リュドヴィックはごく自然に、その動きをおこなった。フィリップの、敵意に満ちた視線のもとで。彼は人間心理を洞察するスパイになら喜んでなるが、無視される証人はごめんなのだ。

もっとも口づけは、ほんの一瞬だった。ファニーが「あ、失礼」とよそよそしい声を出して、踵《きびす》を返したから。

フィリップは、歯のあいだからかすかに音を出して口笛を吹きながら、からかうような様子でファニーのあとに続き、リュドヴィックはフィリップに続いた。

14

サンドラ・クレソンは、犬の吠え声と四本の足がコトコト歩く音、それに寝室を横切っていく夫のいばった足音を聞いた気がした。とっさに、ルイ十五世様式[*1]のこの寝室に犬がいる、と感じて、思わず悲鳴をあげた。

「ねえアンリ、あたくし、頭が変になったみたい……」

「へえ、そうか?……」

不意に隣りの部屋から、アンリの声が聞こえてきた。驚いているようでも怒っているようでもない。とにかく、アンリはもうどうでもよかったのだ。

サンドラは、枕の上に身を起こした。

「犬が吠えて、しかもこの寝室を通っていくのが聞こえたの」

「それはそれは……」

「正直に言ってくださらない？……」

「黙れ、黙れ！　そこで黙ってるんだ。ベッドの上で、静かに[＊2]！」

サンドラは、その内容とぞんざいな言葉づかいに息が止まりそうになりながらも、言われたとおりに黙った。深く傷つきながら。

「失礼した」アンリが息を切らしながら言う。「だから……こっち、こっちだってば！」

「ひどいわ、アンリ、あたくしが歩いてそっちには行けないって、わかってるでしょうに……」

「誰があなたにそんなことを？　あー、失礼したな、サンドラ。もうくたくたなんだよ。今夜はきっと悪夢にうなされるから、あなたがよく眠れるように、そこのドアは閉めますよ……」

＊1――曲線やパステルカラーを多用した華やかな様式で、ロココ様式とも呼ばれる。

＊2――もちろんこれは犬に言っている。

というわけで、たがいの孤独を見張るためにいつも開けはなされていた神聖なるドアが、バタンと乱暴に閉められた。

サンドラは、先ほどのコトコトいう音が耳から離れなかった。抑えたような音だが、ほんとうに犬なのか、何なのか、よくわからない——アンリがタップダンスでも始めたのでないかぎり。でもアンリ一人で、あんな音を全部出せるわけがないわね？

15

ファニーの部屋には、田園地帯のさわやかな空気が漂っていた。毎日部屋を開けはなし、風を通しているのだ。草の匂いやプラタナスの大きな葉の匂いが、風に揺れるよろい戸の隙間《すきま》から大胆に流れこみ、湿った土の心やすらぐ匂いも上ってくる。床にはさまざまな美しい衣類が散らばって、絨毯《じゅうたん》を彩《いろど》っている。窓の外に目をやると、濃紺の空が、流れ星を次々ほとばしらせている。

フィリップは、ファニーを部屋まで送っていき、抜け目なくほほえんで、手に口づけた。

ファニーは腹を立て、フィリップはそこまでで引きさがった。このブルジョワ喜劇では、明日は明日の風が吹くのだから。

彼女は部屋を横切り、気分を害されて落ち着かない視線をちらりと鏡に投げかけ、窓辺に肘《ひじ》をついた。すると今度は、プラタナスの大きな葉に包みこまれた気がした。やさしく、ざらざらと粗く、ちょうどリュドヴィックのジャケットのようだ……茶目っけがあり、何事も辞さない覚悟で、彼女を包みこむリュドヴィック……若いおばかさんだと思っていたのに、みるみる一人の男性になって、あの肩も、腕も、前へ後ろへ自在な足も、機転がきく彼女でも避けられず、ぶざまに後ずさりして、さっきは唇から逃げてきたけれど。フィリップのしつこい視線を振りきるかわりに、あの恋人《ひと》に、不運にも義理の息子であるあのひとに、寄り添っていることだってできただろうに！

彼女を離しながら、リュドヴィックは、もう一度そっと彼女の頬に触れていた。邪魔なフィリップがあれほど近くにいなければ、このめくるめくような九月の夜空の下で、たぶん、今もまだ二人きりでいただろう。

ドアにノックの音がした。

「どうぞ」

ファニーは、フィリップかアンリか、サンドラの野暮用か何かと思って、高い声で応《こた》えた。だが入ってきたのは、リュドヴィックだった。思いきったように堂々と、でも唇に指を立て、共犯者になることを促すようにしながら。ファニーは憤慨したものの、声を低くした。

「何しに来たの？　いったいどんな言いわけをしにきたっていうの……？」

ファニーはそこでやめた。三十を過ぎた青年にこんなことを言うのはばかげていると思ったからだ。もっともこれまで、彼女自身はリュドヴィックを一人の男性と考えたことも、そのように話しかけたこともなかった。そもそもカンタンのほかに、誰に対してそうしたというのだろう？　いま、皺《しわ》くちゃになったワンピースを着て、療養施設から出てきたばかりの若い男を前に、自分の評判を気にしている彼女を見たら、カンタンはきっと笑うだろう。

リュドヴィックはツイードのジャケットを腕にかけ、髪は乱れ、目は輝いている。あまりに美しくて、ファニーは、なぜこの美しさにもっと早く気がつかなかったのかと息をのんだ。

〈だって美男よ、すごく美男だわ〉

冷静なまま、ファニーは思った。田舎の素朴な男の子《ビリー・ボーイ》だと思っていたのに、じつは魅惑的なプーシキン公爵《プリンス》[＊1]だったと気づいたように。

だがこれまでのとおり、リュドヴィックをベッドの足元にすわらせ、ファニー自身は枕があるほうに落ち着いた。リュドヴィックの長い脚が絨毯の上に投げ出され、ファニーはベッドの上で膝を折りまげる。さて、彼を傷つけないためには、どう言えばいいだろう？

「娘に恥をかかせるようなことはしたくないの、リュドヴィック」ファニーはそう切りだした。「あの子はああいうふうで、それについてはあなたと同じ意見だけど……」

「それ以上にひどい」リュドヴィックが言った。

そしてうつむくと、ファニーの脚を見つめた。

ファニーは神経質に少し脚を上げたが、ベッドカバーがすべりやすく、趣味も悪く……まったく趣味の悪いカバーだ。リュドヴィックはまっすぐファニーを見つめると、共犯者

＊1――地主貴族出身のロシアの作家、詩人、アレクサンドル・プーシキン（一七九九―一八三七）の長男。母が美貌のオペラ歌手だった環境もあり、俳優になって一座を率い、パリやロンドンでも過ごした。父方から財産とともに公爵の称号を継ぎ、ロマンチックで謎めいた雰囲気もあいまって、女性に非常にもてたという。

めいたところなしに、誠実にほほえんだ。

「ベッドカバーはいつもこんなふうだった。新品だったときでも。マルト伯母さんが、親父の兄さん、アンドレと結婚したときに買ったんだ。アンドレは一九四〇年、軍がこのあたりまで退却してくるときに戦死した。弟のマルセルも」

「えっ」突然の話に、ファニーは面食らった。

「それで親父が、十九歳で工場を引きついだんだ。この平野にこんな醜悪な建物を建てたのは、われらが親父さ。でもいつも言ってる。『一四年から一八年に戦死すれば英雄だったが、三九年から四〇年のじゃ阿《あ》呆《ほう》だ』失礼、こんな言い方……。

伯母たちは、遺産をしっかりもらって実家に帰ったけど、その前に自分たちの痕跡をあれこれ残したがった。それからぼくの母が来たわけだけど、ぼくは何も覚えてないし、母は装飾には関心がなかった。で、そのあとにサンドラが来た。所有地が隣りあってて、親父とその問題があって、金の問題やら何やらもあって」

「サンドラも大変だったのね……」

ファニーはそう言いながらも、落ち着きを取りもどしていた。

「あの人が、ここでいちばん不幸せっていうこと?」

「いいや」リュドヴィックはファニーを安心させるように、きっぱりと言った。「前は、ぼくが誰よりも寂しかった。でも今は、誰よりも幸せだ」

「どうしてそんなに寂しかったの？」ファニーはきびしい調子でたずねたが、リュドヴィックはそのまま話しつづけた。

「誰にも、誰からも愛されなかったし、面倒も見てもらえなかった」

「じゃあ明日、不幸せだった子ども時代のことを、もっと話してくれる？」

リュドヴィックが、急に立ちあがった。ファニーはベッドからすべり落ちそうになった。彼はファニーをつかまえると、まるで人形を扱うみたいに、ベッドの上にふたたびすわらせた。開いた白いシャツからは、日に焼けた彼の首がのぞき、うなじより長い髪が輝き、その上半身は、その唇は、長く、みずみずしく……。

ここでファニーの記憶は、完全に混乱した。というか、バランスを失った。おかげで彼女はリュドヴィックに身を寄せ、まもなく顔じゅうに懇願するようなキスの雨を受けつづけることになったのだ。雨は彼女に、それから彼にも降りつづいて、唇はやがてたがいの体にすべりおりていき、情欲と献身が混じりあい、高揚と放棄があり、漠然とした拒絶と粘りづよい服従があった。すべてが闇に包まれて透けるような部屋のなかで、魔法のように起こり、二人はプラタナスの葉や、上下する夜空や星々と同じほど、激しく震え、揺れつづけた。

＊

ファニーが目をさましたとき――いや、心から愛を交わした幾晩もと同様に、一睡もしなかったと自分では思っていたのだが――リュドヴィックはもういなかった。彼の姿がそこになく、何も言わずに立ち去り、勝手にそばを離れていったことに、ファニーは一瞬深く傷ついた。だがあくびをし、伸びをしている彼女に、愛の独占欲を表わす何が見えただろうか？

〈たぶん、たぶん……〉そうくり返しながら、彼女は自分の感情を表現する言葉を探したが、満たされた体の快い疲れしか見いだすことができなかった。

ファニーの場合、貞節さの裏には官能の喜びがあった。カンタンと迎えた朝は、ほかのどんな朝とも違っていたが、彼が亡くなって何年もたった今はじめて、自分よりずっと若いいたずらっ子のおかげで、ふたたびそうした朝を迎えたのだ。

正確な年齢差など、彼女は数えてみようとしなかったし、彼が、自分の娘であるマリー＝ロールの夫だという事実も気にならなかった。彼女にとっては、どちらもすでに些《さ》細《さい》なことになっていたからで、彼がなかば正気でないと人に思われていることも、どうでもよかった。

彼女は、リュドヴィックがはじめて「愛してます」と言ったときのことを思い出していた。あの大事故の当日、問題の車を運転していたわけじゃなかったでしょうと、力をこめて言ったから——少なくとも、そのことを彼女が覚えていたからだ。そしてその夜以来、彼が声高く、あるいは低く、くり返してやまない「愛してます」——。

あれは、あなたを愛している男なのだ。そうでないなら、あのざらざらした頬や、聞きとれないほどの、あるいははっきりした言葉のあとに、彼がおちいる沈黙や、ともに強く伝わってくる性急さと不安は、いったい何だというのだろう?

ファニーは、ていねいにワンピースを着た。それはデザイナーがファニーのために作ったものだと、彼女は知っている。デザイナーは女性を愛する人ではないのだが、ファニーのおかげで周囲にはそう思われていないのだ。[*2]

もっともファニーはその前に、いやいやながら起きあがって、浴室に行った。自分の香りに混じった愛人《かれ》の匂いを、バスタブの縁に残してくるのは残念だった。

階段を下り、ラ・クレソナードの朝食の場に入っていくと、次々と賛辞がわき起こった。だがファニーは驚きもしなければ、不安にも思わず、むしろ当たりまえのように、心楽しく感じていた。それでもリュドヴィックには、にこりともしなかった。

リュドヴィックはファニーの席の後ろに立ち、小麦色の肌に茶色いジャケット姿、髪は赤褐色で、目は左右ともになんだか間延びし、唇はわずかに開き、体は傾いて、彼女を見つめるまなざしの下で、瞼《まぶた》がピクピク動いている。

「なんと美しい！」彼女にとって年齢相応の男性、「はばたく禿鷲《はげわし》」、スキャンダルを起こさず相手にすることのできた唯一の人物が、感嘆の声をあげた。

「まさしく」ためらうことなく、フィリップが続いた。なんといっても女性を愛する男で、朝食の席での心くばりから親しくなり、満足させた女性《ひと》も何人かいたのだから。それを思い出して、一瞬あまりのなつかしさ《ノスタルジー》に、彼は胸がいっぱいになった。

「素敵なワンピース、素敵なフォルム」マリー＝ロールも認めた。はっきり褒《ほ》めても、嫉妬心がわき上がることはなかったからだ。

「ほんとうだ！」リュドヴィックは、感情が高ぶるままに叫んだ。そうでなければ、かえって怪しまれただろう。

〈ぼくの女性《ひと》だ〉心のなかで、リュドヴィックは言った。〈ほんの二時間前、彼女は裸でぼくの腕のなかにいて、言ったじゃないか……〉

感謝と幸福と誇りとで、リュドヴィックの目には涙がこみあげてきた。

「このあと、みなさんをソルトの淵にご案内しよう」いきなりアンリが言いだした。そして、とまどっている一同の前でつけ加えた。「今日は日曜日だから、工場の軽飛行機《ビーチクラフト》を呼んだんだ。ファニーに、空からこの地を見せなくてはと思ってな。こっちではまだ店しか見ておらんだろう」

「ファニーはラ・クレソナードで、最高のものを見たと思いますがね」フィリップがにやにやしながら言ったが、その言葉に含みがあるとは誰も気づかず、誰の興味も引かなかった。

その発言がはらんでいた危うささえ、食後においしいお茶が出たとたん、消えうせた。

＊2――デザイナーはゲイなのだろう。

どこのブランドのお茶？　と訊かれ、マルタンはやや赤くなって、リプトンですと答えた。

そしてこの朝ファニーは、幸福で満たされた人がよくやるように、自分では気づくことなく、抑えがたく荒々しいなつかしさ《ノスタルジー》を全員に思い起こさせ、それぞれの頬を染めさせたのである。


アンリ・クレソンが、念入りに準備したトゥーレーヌ地方の遊覧飛行のあいだ、ファニーとリュドヴィックは同じように気をつかって、たがいを避けていた。これまでこの空中散歩は、アンリの取引先のなかでも最も金があっておとなしい日本の実業家たちにしかおこなわれていない。所要時間は二時間、機体はしょっちゅう大きく揺れるし、車なら三十分の距離だ。

だが軽飛行機は、アンリ・クレソンの秘密兵器なのだ。「はばたく禿鷲」本人は、どうしても操縦できるようにならなかったが――それについては「聖クリストフ[*3]に感謝を」と知人や部下たちは言っている。

ファニーは、この一風変わったひとときを満喫した。空中散歩はすばらしかった。前夜の疲れと、すぐ後ろにすわっているリュドヴィックの存在とで、安堵の表情が顔いっぱいに広がる。この年代の女性によくあるように、愛人たちは自分を守ってくれる存在だと彼女も思っているのだ。次の世代以降には、すたれた考え方ではある。

「なんてきれい……なんてきれいなの」隣りではマリー＝ロールがはしゃいで、みんなを驚かせている。フィリップを除いて。フィリップは、裏切られた妻たちの共通点を発見していた。そのような妻たちは、たとえ自分が置かれた状態を知らなかったとしても、小さな女の子のようにふるまう傾向がある、と。

だがマリー＝ロールのはしゃぎぶりも、もっともだった。次々現れる美しい城、川、丘の連なり、淡い水色の空、季節は夏の終わり――トゥーレーヌは眼下にその魅力をくり広げ、アンリの少々専門的な解説など吹き飛ばしていた。

〈フランスはなんて美しいんだろう〉ファニーは思った。〈わたしの恋も、なんて美しいんだろう……〉

軽飛行機は、ヒースやバイカウツギの白い花の上も低く飛んだので、ときおりそのかぐ

＊3――人を乗りものの事故から守る聖人。

わしい香りまでが流れてくるようだった。

ファニーはふと、リュドヴィックとの鮮明な思い出から体じゅうが熱くなって、思わず振りかえった。だが、すぐまた姿勢を正した。指先で彼に触れることさえなく。その禁欲、そのどうにもならないもどかしさは、ファニーの愛と恋の日々のなかでも、この上なく官能的な思い出のひとつになるだろう。

だが一瞬のちに、彼女はすばやく自分に言い聞かせた。

〈彼は頭がおかしいんだし、わたしは不道徳よ〉

これまで胸をよぎったこともない思いだったが、疲労や迷いが極端になったとき、人はあきらかに誤った考えでも勝手に作りあげることがある。

ファニーは、彼の目がきらきら輝きながら、自分に向けられているのを見つめた。このとき彼女はまさに、彼を憎まなくてはならなかったのだ。それを彼が感じとって、その目から光が消え、くもるほどに。もっと現実の彼と自分自身の姿を——つまり、パリを離れた孤独な生活で、内気で間抜けな若者に惚れられた迷子《まいご》の女の姿を——自分で見いだせるほどに。

16

件《くだん》のパーティーまで、あと六日となった。そして屋敷では、全員が心のなかで同じ問いを発していた――サンドラはなんとしてでも起きあがり、パーティーに出ようとするだろうか？――皆そこに脅威を感じている。アンリはあれこれわめいているが、サンドラの顔はあいかわらず赤々としている。

リュドヴィックとファニーは、毎日昼間をともに過ごし、夜も毎晩逢《あ》っていた。フィリップはそれでいらいらしていたが、ブルジョワ階級では好奇心よりスキャンダルの怖さのほうが勝ると知っている。おまけに二人のことを密告しようものなら、ファニーに魅了されてここまでずっと、思いもよらない紳士ぶりを見せようとしてきたアンリに、たたき出されかねないのもわかっている。だいいちフィリップ自身、似たような状況を数多くくぐり抜けてきており、結末はいつもその証人たちに（そして彼自身にも）さんざんなものになっていた。だから……。

結局、ホスト側のラ・クレソナードでいちばん如才ないのは、犬のガナッシュだった。最初はいい香りとやさしさと、ガナッシュにとって女らしさの化身のようなファニーに惹《ひ》きつけられたのだが、すぐに理解したのだ。ほかにも同じ気持ちの人間がいて――たしかに、ときどきしかそれはわからないのだが――、自分は二番手でしかなく、一番手はリュドヴィックと呼ばれる背の高い痩《や》せたやつで、なかなかの長距離走者で親切だけど、ずいぶんぼんやりしている、と。

ほかの二人のご主人は、ガナッシュを見もしなかった。そしてガナッシュが最も気をつけたのは、マルタンが、素知らぬ顔で蹴りを入れてくるのを避けること――。

そう、願ってもなかったこんなにも広い家の、ほんとうのご主人は、雷みたいな声を出し、力と権威があってもほんとは感傷的《センチメンタル》な家長、アンリという名の人間だった。家にいないことのほうが多いけど、見るからにこの地の主《あるじ》。全員の主。でも――やれやれ――アンリの部屋の隣りに住んでる生きものは別で、ため息をついたり、今まで聞いたこともない音をたてたりする。これが怖い。だからそっちの巣は通らずに、夜部屋に帰ってくるときには廊下の小さいドアから入れと、ご主人アンリが教えてくれてよかった。

　アンリがガナッシュへの特別な思いを示すのは、庭かテラスでだけだった。しばしば彼の車のなかでということもあった。そんなとき、彼はガナッシュを「おれのチビちゃん」とか「ハンサムな雑種くん」などなど、ばかばかしい名前で呼ぶのだが、あのだみ声で言われると、ガナッシュもあたたかい気持ちになって、自分にも心があったと思い出す。

　ガナッシュはそのだみ声を聞いて、人間がこだまのように——ああ——犬の自分と同じ声を響かせているのがわかった。一人と一匹の吠え声は、たがいによく似ていたのだ。それに気づいたのは、感受性の鋭いファニーだけだったけれど。

17

空は、人間たちがあわてるのを楽しんでいた。晴れて秋らしい橙色《だいだいいろ》の光が広がったかと思うと、暑すぎて大気が重苦しくなり、今度は雨が降って雷が鳴る。空模様は二時間ですっかり変わり、トゥーレーヌがまるで北のノルマンディー地方のようになる。おかげでこの屋敷のなかでも、外でも、何をするにも躊躇《ちゅうちょ》せざるをえなくなっているようだ。

ただ一人、リュドヴィックだけが、まったく動じていなかった。そのまなざし、セーター、二つの手、幸福——ファニーはそこから逃れられず、また本気で逃れたいと思っているのでもなかった。

誰かの魅力や情熱を手に入れるのは、そう難しいことではない。最も難しいのは、幸福でありつづけることだ。たとえ手に入れたと思っても、その幸福を眺めたり見つめたりするだけで、ほかに何もしなくなってしまうなら、いっそう。

ちなみに、人生を長く続く贈りもののようにしてあげようという思いでこの青年を見つめた者は、これまで一人もいなかった。彼の心を満たし、楽しませ、いちばんいい状態にしてやりたいと望んだ者も。捏造《ねつぞう》されたような精神障碍やまったくの孤独から、解放してやりたいと願った者も。だがファニーは手を差しのべ、身をささげ、助言したのだ。自分のことは二の次にして。

テラスに設置された大きなテントの数々が、風にはためき、太陽も雨も受けとめていた。毎日が同じように過ぎていき、短くかけがえのない二人の夜も、同じように過ぎていった。それでもカンタンが……カンタンが。カンタンのほかに、誰を彼女は愛せるというのだろう？　十日もすれば、パーティーは終わってリュドヴィックは復権を果たし（たぶん）、彼女はパリに帰って仕事に戻り、責任を問われない若すぎた愛人を忘れるのだ……。

田舎の大きなベッドで、隣りにその愛人が眠るのを見ながら、ファニーはいつのまにか自分が泣いているのに気がついた。

〈疲れたのね〉

そう思いこもうとしたが、ほんとうはこの先の不確かさや漠然とした屈辱感、それに迷いから、泣けてくる。リュドヴィックは迷いも、彼女の出発も、別れも、一度も口にしたことがない。彼女のほうも、慎み深さや恐れのようなものから、やはり口にしたことがない。

二人の視線は、たがいの体と同じように熱く絡みあったが、夜、彼が自分のため、そして彼女のためにもタバコに火をつけ、ほんとうはタバコを吸ってはいけない十代の子たちのように声をひそめて話していると、もうそうしていられるだけでいいと思うのだった。

二人はガナッシュとアンリ、アンリとガナッシュそれぞれの情熱にも、こっそり笑わされていたが、いちばん離れた寝室から、サンドラのしゃがれたいびきと、陰険なフィリップの男らしいいびきが聞こえてくることもよくあった。

フィリップは、リュドヴィックとファニーの関係を知っているのに口をつぐみつづけて、フラストレーションが高じていた。マリー＝ロールは、誰に対してもますます嫌みを言うようになっていたが、意に介する者はいなかった。

＊

そうこうするうちに、とうとうパーティーの日がやってきた。全員が驚いたことに、空は晴れあがっていた。まるで贈りもののように、夜が明けると青空が広がり、日中もずっと青さが続き、やがてゆっくり黒くなっていった。

少しずつ、トゥーレーヌの、パリの、ほかにもどこかの社交界の面々が、それぞれにふさわしい車で到着し、この日のために用意された駐車場に車を止めはじめた。一族の者たちが、みなタキシードやイブニングドレスを着こんでいるのは奇妙な感じだ。

アンリは、燕尾《えんび》服《ふく》を小さすぎるほうにするか、大きすぎるほうにするかで悩んでいた。

フィリップは着古した一着しか持っていなかったが、ロンドンで派手にやっていたころ仕立てたものだったので、申し分ないカッティングだ。リュドヴィックはといえば、入院していたころから持っていたタキシードなので、痩《や》せた今では大きすぎるものの、よく似合っている。暗い赤褐色の髪と、それに合わせてあつらえたような瞳の色が調和のとれた印象を与え、遠慮がちなほほえみのなかに赤みがかった褐色の豊かな輝きが見え隠れして、謎に包まれた二年が過ぎた今、家族にしろラ・クレソナードでの新しい友人たちにしろ、心を惹《ひ》きつけられずにはいない。

実際、「あんなに若くして亡くなったあれの母親に似て、あれの髪も鳶色《とびいろ》なんだ」とアンリは、おめでたいことにご満悦の様子でくり返した。ただ一人愛した若かりし日の妻が、亡くなるまで鳶色の髪だったことを、三十年以上たった今、ようやく認めたのだ。生きていたころ、彼女を愛していたころは片《かた》ときも鳶色にがまんならず、世間には絹のようにつややかな濃い栗色の髪だと言い張って、昼日《ひるひ》中《なか》でも、よくその髪に顔をうずめたものだった。[*1]

アンリが彼女のことを想ったり、人がそのきっかけを与えたりすると、今でもこもった声で嘆く者がいる。[*2] 感情を押し殺してはいるが、彼の目にはどことなく滑稽で、プライドのない者だ。

（未完）

＊1——鳶色は赤褐色とほぼ同じ。赤毛や赤に近い髪の色はよく思われないことが多かったため、愛する妻の髪は「濃い栗色」だとアンリは勝手に言い張っていたのだろう。だが息子の赤褐色の髪があまりに魅力的で、今ようやく「栗色」ではなく「鳶色」だったと認めたわけだ。

＊2——おそらくサンドラのことを言っているのだろう。

訳者あとがき

——その死から十五年。サガンのあのユーモア、エレガンス、超然とした態度が、この本のなかであなたを待っている。（「ル・モンド」）

——感動的で、すばらしい物語。（中略）サガンの息子、ドニ・ウェストフが、読みとりにくい状態で発見された遺稿の外科手術を、細心の注意を払っておこなったとのこと。だがそうとはわからない。感じられるのは、すべてサガンのエスプリだ。（「ル・パリジャン」）

——百パーセント、サガン。（中略）サガン中毒者の期待も裏切らないだろう。（「ドゥ・イット・イン・パリ」）

二〇一九年九月、本作（原題：Les Quatre Coins du cœur）は発売とともに、フランス文学界でこの年最大の話題となった。「はじめに」にあるとおり、フランソワーズ・サガンの未完の遺稿が、息子ドニ・ウェストフによってほとんど奇跡的に発見され、刊行されたわけで、テレビはニュースとして報じ、活字メディアからは右のような賛辞がよせられた。「ル・モンド」は、内容についても次のように記している。

――サガンの鋭い筆によって、人間という落ち着きなく慰めようもない〈ちっぽけな動物〉が描き出されるとともに、そんな存在への心からのいたわりと思いやりが、物語のどの瞬間にも感じられる。

サガンがノルマンディー地方の港町オンフルールの病院で、心臓疾患のために亡くなったのは、二〇〇四年九月のこと。六十九歳だった。晩年は、二十代での自動車事故の治療から中毒になっていた薬物の後遺症などで、心身ともに弱っていたと聞く。そんなころ、サガンと仲のよかった兄ジャックや、十五年間パートナーだった女性ペギー・ロシュ、さらに母、二番めの夫ボブ・ウェストフ、若かったころの友人と、大切な人たちを立てつづけに亡くしたりもしたそうだ。

そうした中で、一九九一年に発表された“Les faux-fuyants”（『逃げ道』拙訳、新潮社、絶版）は、なんと、はじめてコメディタッチで描かれた小説だった。とはいえ最後は悲劇という、目をみはらされるような作品で、「サガンの新しい貌《かお》」と讃《たた》えられてベストセラーになったのだが、サガン自身は「ただ自分で笑いたかっただけ」とインタビューで答えていた。笑いがささやかな日常にもたらす力のようなものを、晩年のサガンは個人的に、でも切実に、見いだしたのだろう。

未完となった本作にも、そんな笑いを誘う辛らつなユーモアが、最初の章からさりげなくちりばめられている。なので、サガンのコメディタッチに慣れていない読者の方々も、どうか笑い逃さず楽しんでほしい。その笑いのむこうにこそ、孤独やせつなさや、恋のきらめきといったサガンの世界が広がっているのだから。

物語の舞台は、フランスの中央からやや西に位置するトゥーレーヌ地方。ロワール川のお城めぐりでも有名な、中世の雰囲気を残す風光明媚な土地だ。なのに登場人物たちの大邸宅「ラ・クレソナード」は、お金に物を言わせた悪趣味のかたまり。みずみずしい自然のなかで悪目《わるめ》立《だ》ちしている大豪邸を想像すると、それだけでちょっと笑えてくる。

時は、一九九〇年代の終わりから二〇〇〇年代のはじめあたり。貨幣として、ユーロではなくまだフランが使われており、通信手段としても、メールではなくファクスが使われている。というわけで、少しだけ昔を感じさせるが、当時も今も変わらない人間の可笑《おか》しみとエゴが、シャープなまなざしで浮き彫りにされ、物語の横糸となっていく。

　そして、そのような中からでも生まれる人生の美しい瞬間を、三十代のリュドヴィックと、その妻マリー＝ロールの母であるファニーとの、年齢も道徳規範も超えた恋愛で描くのが、物語の縦糸といえるだろう。

　この三人に、「国の名だたる実業家」、エネルギッシュな大ブルジョワのアンリ・クレソン（ちっちゃな野菜のクレソンで、巨万の富を築きあげたというコントラストがまた可笑しい）、彼に負けない強さと財産があるが、持病もある後妻サンドラ、その弟で居候《いそうろう》の美男フィリップ、無表情に粛々と働く執事マルタン、突然迷いこんできた犬のガナッシュ、さらには、いわゆる玄人《くろうと》女性たちの元締めで、地域の実力者でもあるマダム・アメルが絡んで、物語はにぎやかに進んでいく。どの人物もひとクセあって、一見セレブなブルジョワ家族の内実が、少しずつ見えてくるのもおもしろい。

　印象としては、モーツァルトやロッシーニの喜劇オペラといったところだろうか。ばかばかしく思えるやり取りや、やや冗長だったり重複していたりする部分などもあるのだが（未完のため、推敲の時間もなかったことが大きいと思われる）、それでもひと筋、人間や人生の真実が息づいていて、折々歌われるアリアのような部分に耳をかたむけるうちに、すっかり心をつかまれ、やがて胸を打たれる。

なんと言ってもすばらしいのは、恋に落ちる瞬間や愛の場面の、胸を締めつけられるような美しさだろう。邸宅の片すみの、何十年も使われていなかった部屋から不意にピアノの音が流れてきて、リュドヴィックがその音色に心を奪われ、壁にもたれて自身の孤独を思いながら涙をあふれさせる場面は、映画のワンシーンのように鮮烈だ。「これぞサガン！」と胸が熱くなる。

またファニーが、夫を亡くした喪の悲しみについて、一人窓辺で思いをめぐらす部分は詩のようで、大切な人たちを亡くしたサガンの姿がオーバーラップする。

シューマンの弦楽四重奏曲、フレッド・アステアの口笛、オペラ「アイーダ」のファンファーレや、ボードレールの詩などがごく自然に出てくるところ、女四人でブリッジをする場面なども、ああサガンの世界だと感じ入る。

最後のほうで、たがいに無関心だった家族が軽飛行機に同乗し、トゥーレーヌの空を飛ぶ場面も忘れがたい。読み手の前にも、ひろびろとすがすがしい緑の光景がひらけるようで、「田舎が大好き。外の空気が好き。川や土のにおいが好き」と、かつて語っていたサガンの姿が思い浮かぶ。

物語は、二百人を招待する大パーティーという、これまたサガンらしい華やかな場面が始まる朝で、ぷっつり終わっている。え、ここで終わり？　という驚きと、不安定な気持ちはもちろん残るが、この際、サガンからの課題のように、いや、贈りもののように、この小説の続きを自分なりに考えてみるのも悪くないのかもしれない。それを、読んだ者どうしで、または読書会などで語りあえば、きっといっそう盛り上がるだろう。

　たとえばわたしには、この場面のあとに、ファニーがとびきり華麗な姿で登場するというイメージが湧《わ》いてきて仕方ない。『悲しみよ　こんにちは』（拙訳、新潮社）で、パーティーの前、アンヌがシルバーグレーのドレスに身をつつみ、輝くばかりの姿で階段を下りてくるところが浮かんでは重なるのだ。

　では、マリー＝ロールはどんなドレスを着るだろう？　サンドラは現れるだろうか？　パーティーでひと波乱あるのだろうか？　あるとしたら、どんな波乱？　リュドヴィックとファニーの恋はどうなるだろう？　アンリの片思いもどうなるだろう？……

　サガンの小説は、これまでハッピーエンドとなることはまずなかった。だとしたら、やはり現実のほろ苦さや残酷さが浮かびあがるエンディングを考えていたのだろうか。それとも案外、今回は、笑いややさしさにつつまれる最後になったのだろうか。

一九三五年六月二十一日、サガンはフランス南西部ロット県カジャルクの裕福な家庭で、兄と姉のいる末っ子として生まれた。父方は北部の実業家で工場をいくつか持ち、母方はロット県の地主で、パリにアパルトマンがあり、家族は戦時中を除いてパリで暮したそうだ。本名はフランソワーズ・クワレーズ。サガンというペンネームは、デビューのときに父からクワレーズの名は使うなと言われて、愛読していたプルーストの『失われた時を求めて』に出てくる人物から取ったという。

学校とは相性がよくなかったらしいが、小さいころから自然や動物が大好きで、手あたり次第に本を読み、特に十六歳で出会ったランボーの『イリュミナシオン』で言葉の絶対的な力を発見して、これこそ一生愛するものと思ったそうだ。

そして一九五四年、十九歳のとき、ジュリアール社に原稿を送った『悲しみよ こんにちは』が本になると、何の宣伝もなしに売れはじめ、一年後には百万部を超えて、文壇でも「批評家賞」を受賞した。ジョルジュ・バタイユ、ロジェ・カイヨワ、モーリス・ブランショといった錚々《そうそう》たる審査員たちに評価され、ノーベル賞作家のフランソワ・モーリヤックにも「魅力的なかわいい怪物」と讃えられたのだ。

おかげで本はいっそう注目を浴び、およそ二十五か国で翻訳され、ハリウッドで映画化もされて、その映画がまたヒットした。ヒロイン、セシルを演じた当時十九歳のジーン・

セバーグのショートヘアが、「セシル・カット」と呼ばれて大流行。サガン自身、ヒロインを思わせる知的で可憐な女子学生、それも名門パリ大学《ソルボンヌ》文学部の学生だったため、その名はますます世界じゅうに広まっていった。

　作家になってからの私生活は、小説に勝るともおとらずドラマチックで、スキャンダラスでもあった。二十歳になるかならないかで、シンプルなリトルブラックドレスに身をつつみ、有名人たちに混じってナイトクラブのパーティーに出かけては、タバコを吸い、ウイスキーを飲み、大金を賭けてギャンブルをする。ジャガーやアストンマーチンといった超高級スポーツカーを飛ばし、いつも男性たちに取りかこまれている。マスメディアも彼女を追いまわし、「サガン現象」という言葉も生まれたらしい。

　だが一九五七年、愛車アストンマーチンで時速百六十キロを出していて、大事故を起こす。同乗していた友人たち三人は、車外に投げ出されて軽傷ですんだそうだが、サガンは運転席に閉じこめられ、頭蓋骨はじめそこかしこを骨折して重体となり、その後何日にもわたって生死のあいだをさまよった。退院後はさらに、治療で使用されたモルヒネの中毒を治すため、別の病院に入院しなくてはならなかった。

　本作でのリュドヴィックの事故と入退院のくだりは、このときのことが反映されているにちがいなく、とても興味深い。喪の悲しみに沈んでいたファニーに加え、リュドヴィックもまた、「過剰なところのある」サガンの分身なのだ。

大事故から復活したサガンは、翌年の五十八年に、二十歳年上だった大手出版社の編集者ギィ・シェレールと結婚。だが二年後に離婚した。その二年後の六二年に、今度はアメリカ人のボブ・ウェストフと再婚。息子ドニが生まれたが、ボブに男性の恋人ができ、二年足らずで離婚。もっともその後も、ボブとはいっしょに暮していたそうだ。

こうした目まぐるしさのなかでも、つぎつぎ作品を発表し、そのどれもが話題になって、サガンは名実ともに世界のスーパースターになっていった。作品が映画化されることも多く、そのたびにまた人気に拍車がかかり、親しかったジャーナリストのベルナール・フランクは、サガンを「文学界のマドモワゼル・シャネル」と呼んだという。

作品の数々は日本でも翻訳され、愛と孤独をテーマにしたどこかおしゃれな物語は、多くの熱心な読者を得た。

サガンはまたシャンソンや戯曲も書いて、各界の才能ある人たちとの交流も広げていった。歌手ジュリエット・グレコ、バレエダンサーのルドルフ・ヌレエフ、二十世紀を代表する哲学者サルトル、ミッテラン大統領……。

後続の女性作家たちにも、大きな影響を与えたといわれている。「新しいサガン」「日本のサガン」とうたわれた作家たちは、それぞれに雰囲気のある作品で時代の華となった。だが九〇年代に入ると、麻薬の不法所持や常用で有罪判決を受けたり、旧国営石油会社から受けた資金の脱税で禁錮一年の執行猶予判決を受けたりと、スキャンダルが続いた。そして二〇〇四年、まるで最後のスキャンダルであるかのように、この世を去ったのである。

時の大統領シラク氏は「彼女の死とともに、フランスはもっとも聡明で繊細な作家の一人を失った」と哀悼の意を表した。

「サガン、フランソワーズ。一九五四年、『悲しみよ こんにちは』という短い小説で世に現れ、世界じゅうに衝撃を与えたが、その後は快い作品をその場しのぎで書きつづけ、快い人生をその場しのぎで送り、死は本人にとっての衝撃でしかなかった」。

サガンは一九九八年に依頼を受けて、自身の墓碑銘をこのように書いていたという。斜にかまえたようでいながら、透徹したまなざしで自身の一生をまとめてみせた、エスプリの光る一文ではないかと思う。「その場しのぎで」というのは、「多忙ながら自由に」と読みかえてもいいのかもしれない。

二〇一〇年には、息子ドニが「フランソワーズ・サガン賞」を設立した。この賞によって、今度はどのような新しい才能が現れるのか、亡きサガンもあの大きな瞳で、どこから か見守っているだろうか。

最後に、タイトルと翻訳について触れておきたい。原題は“Les Quatre Coins du cœur”（「心のあちこち」といった意味）だが、「はじめに」で書かれているとおり、そもそもこれは本作の「1」から「3」までのタイトルで、ファニーが登場する「4」以降は“Le Cœur battu”（「打ちのめされた心」といった意味）というタイトルがついていたとのこと。物語の中心には、事故で心身ともに傷ついたリュドヴィックと、夫を喪《うしな》い傷ついているファニーの恋があるので、邦訳版では全体のタイトルとしても“Le Cœur battu”を採用して日本語にしたほうが、物語のテーマやイメージにしっくりくるのではないかと感じた。

また翻訳について、原文のフランス語は、おそらく推敲されていないために粗く思われる部分や、カンマと関係代名詞で延々とつながっていって意味が取りにくい長文、一読では何を言っているのかよくわからない暗示的な文章なども多く、訳者泣かせだった。けれど霧が晴れるようにその意味がわかると、隠れていたユーモアに笑ったり、人の心の微妙な動きに膝を打ったり。そんなおもしろさがなるべくくっきり伝わるように、翻訳では原文より多く改行をおこなったこともお断わりしておきたい。

そうした解読に際しては、仏日《ふつにち》の翻訳家の山口羊子さん、日仏の翻訳家のミリアン・ダルトア＝赤穂さん、上智大学外国語学部フランス語学科教授のシモン・テュシェ先生がお力を貸してくださった。心からお礼申し上げます。また、河出書房新社編集部のみなさまはじめ、ほかにも多くの方のお世話になった。あわせてお礼申し上げます。特に編集部の町田真穂さん、いつもあたたかな言葉で支えてくださって、ありがとうございました。

二〇二一年十月

河野万里子

［著者略歴］

フランソワーズ・サガン（Françoise Sagan）

１９３５年、フランス・カジャルク生まれ。作家、脚本家。１９５４年、19歳の時に『悲しみよこんにちは』でデビューし、一躍時代の寵児となる。その後、56年『ある微笑』、59年『ブラームスはお好き』、68年『優しい関係』、75年『絹の瞳』など、愛と孤独をテーマとする作品を次々に発表し、人気作家として活躍。『スウェーデンの城』をはじめとする戯曲や、映画の脚本も手がけた。２００４年没。

［訳者略歴］

河野万里子（こうの・まりこ）

１９５９年生まれ、翻訳家。上智大学外国語学部フランス語学科卒業。主な訳書に、フランソワーズ・サガン『悲しみよ こんにちは』、サン＝テグジュペリ『星の王子さま』、ルイス・セプルベダ『カモメに飛ぶことを教えた猫』、シドニー＝ガブリエル・コレット『青い麦』、ジャン＝クロード・グランベール『神さまの貨物』などがある。絵本の訳書も多数。

打《う》ちのめされた心《こころ》は

2021年11月20日　初版印刷
2021年11月30日　初版発行

著　者　フランソワーズ・サガン
訳　者　河野万里子
装　幀　佐々木暁
発行者　小野寺優
発行所　株式会社河出書房新社
〒151・0051
東京都渋谷区千駄ヶ谷2ノ32ノ2
☎03・3404・1201（営業）
03・3404・8611（編集）
https://www.kawade.co.jp/
印　刷　株式会社亨有堂印刷所
製　本　加藤製本株式会社
Printed in Japan　ISBN978-4-309-20843-5